AF671090

Tucholsky Wagner Zola Scott Sydow Fonatne Freud Schlegel
Turgenev Wallace
Twain Walther von der Vogelweide Fouqué Friedrich II. von Preußen
Weber Freiligrath Frey
Fechner Fichte Weiße Rose von Fallersleben Kant Ernst Richthofen Frommel
Hölderlin
Fehrs Engels Faber Fielding Flaubert Eichendorff Tacitus Dumas
Feuerbach Maximilian I. von Habsburg Fock Eliasberg Eliot Zweig Ebner Eschenbach
Ewald Vergil
Goethe Elisabeth von Österreich London
Mendelssohn Balzac Shakespeare Lichtenberg Rathenau Dostojewski Ganghofer
Trackl Stevenson Tolstoi Hambruch Doyle Gjellerup
Mommsen Thoma Lenz Hanrieder Droste-Hülshoff
Dach Verne von Arnim Hägele Hauff Humboldt
Karrillon Reuter Garschin Rousseau Hagen Hauptmann Gautier
Damaschke Defoe Descartes Hebbel Baudelaire
Wolfram von Eschenbach Dickens Schopenhauer Hegel Kussmaul Herder
Bronner Darwin Melville Grimm Jerome Rilke George
Campe Horváth Aristoteles Bebel Proust
Bismarck Vigny Gengenbach Barlach Voltaire Heine Federer Herodot
Storm Casanova Chamberlain Lessing Tersteegen Langbein Gilm Grillparzer Georgy
Brentano Gryphius
Strachwitz Claudius Schiller Lafontaine Kralik Iffland Sokrates
Katharina II. von Rußland Bellamy Schilling
Gerstäcker Raabe Gibbon Tschechow
Löns Hesse Hoffmann Gogol Wilde Gleim Vulpius
Luther Heym Hofmannsthal Klee Hölty Morgenstern
Roth Heyse Klopstock Kleist Goedicke
Luxemburg Puschkin Homer Mörike
La Roche Horaz Musil
Machiavelli Kierkegaard Kraft Kraus
Navarra Aurel Musset
Nestroy Marie de France Lamprecht Kind Kirchhoff Hugo Moltke
Laotse Ipsen Liebknecht
Nietzsche Marx Nansen Lassalle Gorki Klett Ringelnatz
von Ossietzky May vom Stein Lawrence Leibniz
Irving
Petalozzi Platon Knigge
Sachs Poe Pückler Michelangelo Liebermann Kock Kafka
de Sade Praetorius Mistral Zetkin Korolenko

Der Verlag tredition aus Hamburg veröffentlicht in der Reihe **TREDITION CLASSICS** Werke aus mehr als zwei Jahrtausenden. Diese waren zu einem Großteil vergriffen oder nur noch antiquarisch erhältlich.

Symbolfigur für **TREDITION CLASSICS** ist Johannes Gutenberg (1400 — 1468), der Erfinder des Buchdrucks mit Metallletttern und der Druckerpresse.

Mit der Buchreihe **TREDITION CLASSICS** verfolgt tredition das Ziel, tausende Klassiker der Weltliteratur verschiedener Sprachen wieder als gedruckte Bücher aufzulegen – und das weltweit!

Die Buchreihe dient zur Bewahrung der Literatur und Förderung der Kultur. Sie trägt so dazu bei, dass viele tausend Werke nicht in Vergessenheit geraten.

Der letzte Tod des Gautama Buddha

Fritz Mauthner

Impressum

Autor: Fritz Mauthner
Umschlagkonzept: toepferschumann, Berlin

Verlag: tredition GmbH, Hamburg
ISBN: 978-3-8424-9189-2
Printed in Germany

Rechtlicher Hinweis:
Alle Werke sind nach unserem besten Wissen gemeinfrei und unterliegen damit nicht mehr dem Urheberrecht.

Ziel der TREDITION CLASSICS ist es, tausende deutsch- und fremdsprachige Klassiker wieder in Buchform verfügbar zu machen. Die Werke wurden eingescannt und digitalisiert. Dadurch können etwaige Fehler nicht komplett ausgeschlossen werden. Unsere Kooperationspartner und wir von tredition versuchen, die Werke bestmöglich zu bearbeiten. Sollten Sie trotzdem einen Fehler finden, bitten wir diesen zu entschuldigen. Die Rechtschreibung der Originalausgabe wurde unverändert übernommen. Daher können sich hinsichtlich der Schreibweise Widersprüche zu der heutigen Rechtschreibung ergeben.

Meiner lieben Frau

Francisci Schülerin, des einen und andern,
Hast du die Heiligen mir ganz nah gebracht,
Die arm und selig über die Erde wandern,
Wie Tierlein fromm und klug und unbedacht.

Die Antwort deiner christlichen Legenden
Vernimm jetzt: eines gütigen Menschensohns
Selbstüberwinden, Entsagen und Vollenden.
Nicht wahr, du hörst den Nachklang deines Tons?

Sonst wäre die Sage ungesagt geblieben;
Wer sich kein Echo weckt, ist stumm.
Ich habe dir das Büchlein zugeschrieben.
Du weißt, warum.

In unsrem Glaserhäusle bei Meersburg

Anfang September 1912

F. M.

I. Adler und Tauben

Das habe ich gehört.

Ruhig vorübergegangen, nicht vorübergeeilt und nicht vorübergeschlichen, ruhig verflossen waren fünfzig Jahre, vielleicht etwas mehr oder etwas weniger als fünfzig Jahre, seitdem Gautama die Hauslosigkeit erwählt hatte. Damals war er noch nicht ein Buddha, war er noch der Sakyaprinz Siddhartha Gautama, hatte er noch ein Weib und holde Tänzerinnen und ein lachendes Söhnchen. Bis der Prinz eines Tages einen toten Mann sah, bis der Prinz vom Altern und Sterben erfuhr und keine Ruhe mehr fand und keine Freude am Leben mehr fand, bevor er nicht in das Geheimnis eingedrungen wäre, in das Geheimnis des Lebens und des Todes. Da hatte der Prinz Siddhartha seine Tänzerinnen verlassen, seine drei Paläste verlassen, den Palast für die Regenzeit, den Palast für die Blumenzeit und den Palast für die Zeit der Früchte hatte er verlassen, sein Weib und sein Söhnchen hatte er verlassen, hatte gerungen mit bösen Geistern und hatte endlich in der langen Nacht unter dem Mahabodhibaume die Erleuchtung und Erweckung gefunden, die Erlösung durch Einsicht, den einfältigen Weg für die armen sterblichen Menschen gefunden. Er war ein Buddha geworden; der Vollendete war er geworden, der Willkommene, der Lehrer, der Sieger, der Löwe aus dem Sakyastamme.

So ungefähr vor fünfzig Jahren war ihm in der langen Nacht unter dem Mahabodhibaume die Erleuchtung geworden: Der Tod ist gar nichts Besonderes; alles fließt; alles ist nur vergängliche Erscheinung; es gibt kein Selbst; für die guten wie für die argen Menschen nicht, für die lieben Tierlein nicht, nicht für die lieben stillen Blumen. Es gibt kein Selbst.

Niemals war Gautama, der Buddha, an der Wahrheit dieser Lehre irre geworden. Nur daß das Selbst des Buddha, solange er auf Erden wanderte, eben auch flüchtige Erscheinung war im Flusse der Dinge; nur daß auch der Buddha sein Selbst nicht unverändert bewahrt hatte im Weiterschreiten; nur daß sogar das Licht seiner Wahrheit wärmer bestrahlt war jetzt von der farbigen Abendsonne, als einst von der sengenden Sonne seines Mittages.

Nicht als ob Gautama, der Buddha, es gewußt hätte, daß die Sonne seit einigen Regenzeiten, Ruhezeiten wärmer auf seine Wahrheit schien. Immer noch dünkte ihn die Welt furchtbar und voll Elend. Aber furchtbar war sie doch nur für einen, der noch dazu gehörte, der noch etwas Eigenes befaß oder liebte in dieser Welt. Wer nichts Liebes hatte, der hatte auch nichts Leides. In seiner Hauslosigkeit, in seiner Heimlosigkeit, in seiner Eigenentfremdung war er ein leidloser Schauer der Welt worden; und dem Schauer, dem Zuschauer der Erscheinungen erglänzte die Welt schöner und schöner.

Da hellte sich dem Buddha nicht unfreundlich die Möglichkeit, noch recht lange als Zuschauer der Erscheinungen weiter zu schreiten, als Schauer von Menschen, von Tierlein und von Blumen. Warum nicht ein Weltenalter lang? Ei, wie lange dauerte so ein Weltenalter, deren jedes nur einen einzigen Buddha erlebte? Wie lang? Es war da irgendwo gegen Mitternacht ein Berg, der ganz nur aus einem Kristall bestand; dieser Kristallberg war erst in sieben Stunden zu umgehen und war zwei Stunden hoch. Und alle hundert Menschenjahre einmal kam ein indischer König zum Berge und winkte mit seinem seidenen Kopftuche nach den vier Himmelswohnungen, zum Zeichen des Friedens, und streifte mit dem seidenen Kopftuche den harten Kristallberg. Und wenn der ganze kristallharte Berg vom Anstreifen der Seide abgetragen sein wird, völlig und gar der Ebene gleich, dann wird ein Weltenalter um sein. Und solange weiter zu schreiten, als sinnender Zuschauer der erschrecklichen Welt, das war dem Buddha seit einigen Ruhezeiten und dann seit einigen Blütenzeiten seines indischen Landes keine bange Vorstellung mehr.

So war der Entsager Gautama, der Buddha, alt geworden und wußte es nicht. Er blickte in keinen glatten Teich, und drum sah er nicht, wie leuchtend weiß sein Haarschopf rund um die geschorene Platte seinen schönen alten Kopf umstarrte. Gautama, der Buddha, wanderte, seitdem der dreißigjährige Fürstensohn die Hauslosigkeit erwählt hatte, mit Pilgerstab und Bettlerschale, umringt von seinen Jüngern, von Dorf zu Dorf, von Hain zu Hain, frei vom Leben, frei vom Leiden der Zugehörigkeit, frei von Haß, frei von Gier, unbeschwert von eigener Habe, frei von irgend Liebem oder Leidem, ein Buddha. Unversieglich flossen von seinen Lippen Worte der Lehre, Worte der Zucht. Er achtete noch nicht darauf, daß er sich oft auf einer Bahre tragen lassen mußte, manchen Nachmittag müde wurde und sich müde auf den vierfachgefalteten Pilgermantel seines lieben Ananda niederließ, um eine Stunde zu ruhen.

Auch dann schloß er die Augen nicht. Dann blitzten seine Augen über das Leben hinaus in ferne Vergangenheiten und in ferne Zukünften, und aus Vergangenheiten und Zukünften kamen ihm immer noch neue Gesichte für seine Jünger. Diese aber, wenn sie seine Augen so blitzen sahen, nicht gut und nicht hart blitzen, klar blitzen, diese glaubten dann um seinen weißen Haarschopf einen Strahlenkranz flimmern zu sehen; und bald der eine, bald der andere sagte dann still zu seinem Nachbar: »Bruder, der Überwinder Gautama will uns verlassen«, oder: »Bruder, der Weltüberwinder Gautama will heimkehren«, oder: »Das Licht will erlöschen«.

Eines Morgens, nachdem Gautama, der Buddha, und alle Jünger die täglichen Waschungen vorgenommen und die Almosenreste aus der Bettlerschale gegessen hatten, war Gautama, der Buddha, laß; und es kam ihm die Sehnsucht, die Worte der Lehre und die Worte der Zucht aus anderem Munde zu hören, nicht immer selbst die Tretmühle der Predigt treten zu müssen. Klar bewußt holte er Atem und sagte mit seiner Stimme, die nicht gut und nicht hart war: »Mein treuer Ananda, lieber Bruder, Ton für Ton, Silbe für Silbe, ohne Fehl kennst du die Worte meiner Lehre und die Worte meiner Zucht. Lehre du heute statt meiner die jüngeren Brüder, weise du ihnen die beiden Pfade, das vierfache Wissen, die acht Anschauungen und die vierundsechzig Befreiungen.«

Der treue Ananda, welcher schon seit sechsunddreißig Jahren Gautama, den Buddha, auf jeder Wanderschaft begleitete, auf jeder Rast neben ihm ruhte, an seinen Lippen hing, der treue Ananda beschattete grüßend das Antlitz, damit der Buddha Anandas Erröten, wenn es schon nicht ganz zurückgedrängt worden wäre bis ans Herz, nicht wahrnähme. Sodann trug der treue Ananda die Worte der Lehre und die Worte der Zucht leise singend den jüngeren Brüdern vor. Gautama, der Buddha, schloß die Augen, zum ersten Male in Tageshelle. Die Brüder glaubten, er schliefe und hörte nicht, wie die Worte der Lehre und die Worte der Zucht nicht so wie aus seinem Munde in das Innere der Jünger drangen. Gautama, der Buddha, aber schlief nicht; er sah geschlossenen Auges, daß die

Worte der Lehre und der Zucht, seine eigenen Worte, von Ananda gesprochen, wie Tauben die Seelen der Jünger umflatterten, nicht wie Adler die Seelen der Hörer umkrallten.

Bis um die Mittagszeit sprach der treue Ananda Ton für Ton, Silbe für Silbe die Worte der Lehre und der Zucht. Dann ruhte er aus, und alle Jünger blickten nach Gautama, dem Buddha. Der saß da auf dem vierfachgefalteten Bettlermantel; und obgleich seine Augen immer noch von den Lidern bedeckt waren, glaubten die Jünger den Strahlenkranz flimmern zu sehen. Gautama, der Buddha, schaute inwendig über das Leben hinaus und wollte Stille, um klar bewußt zu erkennen, was ihm geschehen war, als er seine Worte der Lehre und der Zucht aus treuem anderem Munde vernahm. Da aber Ananda schwieg und es ganz stille wurde, da störte Gautama, den Buddha, diese Stille; er öffnete die Augen, die Augen blitzten in ferne Vergangenheiten und ferne Zukünften, und Gautama, der Buddha, sagte mit einer Stimme, die fast nicht feierlich klang, die fast nicht ernsthaft klang, mit einer Stimme, die zum ersten Male eher hart klang als gut: »Lieber Ananda, Ton für Ton, Silbe für Silbe, ohne Fehl, kennst du die Worte meiner Lehre und die Worte meiner Zucht. Treulich hast du meine Lehre den Brüdern vorgetragen, Silbe für Silbe, Ton für Ton, genau wie du meine Lehre von meinen Lippen oft vernommen hast. Kannst du es mir nun sagen, lieber Ananda, kannst du es mir deuten, warum die gleichen Worte und die gleichen Töne auf die Brüder nicht fast so wirkten, wie die gleichen Worte und Töne von meinen Lippen auf die Brüder zu wirken pflegen. Sonst haften die Augen der Brüder und die Ohren der Brüder an meinem Munde, wie mit diamantenen Nägeln angeheftet; und die Welt da draußen versinkt in die Dämmerung des Nichtseins. Heute sahen die Brüder während deiner Rede, wie der Heuschreck dir zu Häupten seine Flügel putzte, hörten das Zirpen beim Flügelputzen. Auch ich selbst, der ich doch Augen und Ohren mir verschloß, hörte und sah die luftig zirpende Grille.«

Ananda ließ sich auf die Kniee nieder und beugte sein Haupt so tief, daß niemand bemerken konnte, wie eine gelbliche Blässe sein Angesicht grau umschattete.

»Meister,« sprach er leise, »Silbe für Silbe habe ich deine Lehre vorgetragen, wie ich sie von dir vernommen habe seit sechsunddreißig Jahren. Vielleicht aber habe ich den greifenden und packenden Ton der Silben nicht immer richtig getroffen und darum die Welt da draußen nicht völlig in die Dämmerung des Nichtseins verwandeln können. Ich will nicht schlafen. Ich will die Stunden der Nacht aufrecht sitzen und mich üben, zu jeder deiner Silben auch deinen greifenden und packenden Ton zu treffen.«

Gautama, der Buddha, rührte keine sichtbare Muskel seines Körpers; nur seine Augen wanderten rasch nach rechts und wandten sich den Brüdern zu. Er sprach: »Silbe für Silbe, meine Brüder, aber auch Ton für Ton, ohne Fehl, hat euch der gute Ananda die Worte meiner Lehre vorgetragen. Könnt ihr mir nun sagen, meine Brüder, warum meine Worte aus meinem Munde eure Seelen zu umkrallen pflegen wie Adler, warum jedoch meine Worte aus Anandas Munde eure Seelen umflattern wie Tauben, die sich an einer Futterstelle niederlassen?«

Die Jünger baten um die Erlaubnis, untereinander Rat zu pflegen vor der Antwort. Denn nicht zieme es sich, daß dem Weltüberwinder, dem Meister eine Antwort ungeordnet und unüberlegt zuteil würde. Und die Jünger zogen sich zurück, fünf Feigenbäume weit. Dennoch vernahm der Buddha mitten aus der Beratung das Schluchzen eines jungen Mannes und darauf ein Durcheinander von Stimmen, als wie wenn der eine gerufen hätte: »Du sollst nicht für uns sprechen« - und der andere: »Dein Schluchzen dringe nicht an das Ohr des Weltüberwinders« - und der dritte: »Nicht Liebe und Schluchzen will der Meister, sondern bewußten Gehorsam und Wiederholung seiner Worte.«

Der schluchzende Jüngling hieß Subhadda; er war als der ergebene Schüler des gelehrten Brahmanen Kassapa unter die Jüngerschar des Buddha getreten, unter listigen Vorwänden, als ein Aushorcher, um den Gautama wie einen falschen Buddha zu überführen. Als den leidenschaftlichsten, nach Wahrheit gierigsten seiner Schüler hatte ihn der Brahmane zu diesem Amte ausgewählt. Seit einem Monde wanderte der Jüngling mit den Mönchen. Langsam war sein Herz hinübergeglitten von der Schulweisheit des Brahmanen zu dem Unaussprechlichen, das mit den Worten des Buddha täglich auf ihn einströmte, das unter den zauberischen Augen des Buddha in Wald und Feld täglich vor ihm an Wundern aufsproßte. Noch hatte er nicht gesagt, daß er die Weihen empfangen wollte; noch hatte er nicht gesprochen. Und jetzt war es über ihn gekommen. Er hatte geschluchzt wie ein Kind, wie ein Kind der Welt, und hatte gerufen: »Laßt mich zum Buddha sprechen! Er ist der eigenerlöste Erlöser! Er ist der Buddha! Ich will büßen! Ich nehme meine Zuflucht bei ihm! Nicht seine Worte können uns erlösen! Nur er! Wenn wir ihn lieben! Wenn wir den Buddha lieben dürfen!« Auf solche Reden hatten die Mönche geantwortet: »Du sollst nicht für uns sprechen.« Und das andere.

Die Jünger kehrten in geziemender Haltung zum harrenden Buddha zurück; sie ließen den ehrwürdigen Nathaputta, den zweitältesten unter ihnen, den ältesten nach dem treuen Ananda, schicklich vortreten und also sprechen: »Trefflich hast du beobachtet, Meister, daß die Worte deiner Lehre aus deinem eigenen Munde unsere Seelen umkrallen wie Adler, daß die gleichen Worte aus dem Munde des ehrwürdigen Ananda unsere Seelen umflattern wie Tauben, die an einer Futterstelle niederfallen. Aber die Ursache dieser Erscheinung können wir nicht ergründen, wie wir ja auch nicht wissen, warum der Reis zur Reife kommt unter dem Scheine der Sommersonne, warum im Keller auch bei Fackellicht kein Grashalm grün wird. Wir glauben, Meister, daß du es bist, der uns fehlt, wenn Ananda deine Worte spricht. Du selbst fehlst uns dann, wenn es auch in Wahrheit kein Selbst gibt. Die Erscheinung deines Selbst mag es sein, was uns fehlt, wenn du es nicht selber bist, der zu uns spricht.«

Der Jüngling, dessen Schluchzen vorher getadelt worden war, drängte sich in diesem Augenblicke vor und rief so laut, daß die Schicklichkeit dadurch verletzt wurde: »Meister, verlaß uns nicht!« Wieder wurde der Jüngling allgemein getadelt, auch weil er nach seinem Ausrufe das Bewußtsein verlor und hinstürzte. Ananda wollte nach seinem Wanderstecken greifen. Der Buddha aber hob leicht die rechte Hand und sagte mit einer milden Stimme: »Seid gut zu ihm. Gebt ihm Arznei. Tadelt ihn nicht, weil er mich so töricht lieb hat.«

Und noch einmal wandte sich der Buddha an den treuen Ananda und sagte zu ihm mit fremd-milder Stimme:

»Du warst damals noch nicht bei uns. Du warst damals ein junger Offizier, nach Beförderung lüstern. Damals, als ich in die Hauslosigkeit ging aus meinem Palaste, als ich die Hauslosigkeit wählte, da ließ ich ein Söhnchen zurück bei einer schönen, stillen Frau, die meine Lust gewesen war. Ein Söhnchen, das ich lieb hatte, auch wenn es mit seinen kleinen Pfeilen nach Amseln schoß. Aber du warst da eben zu uns gekommen, in den Frieden der Hauslosigkeit, als ein Gedanke des fahlen Mara mich versuchte. Mara verlockte mich, daß ich als Büßer, der ein Buddha geworden war, im ganzen Hochmute der Niedrigkeit das Haus meiner Väter betrat, die Almosenschale in der Hand. Mein Sohn, ein prächtiger junger Krieger, füllte mir die Schale. Er kannte mich nicht; und dennoch wollte er seine Zuflucht bei uns gewinnen in der Hauslosigkeit; und ich wies ihn ab, meinen lieben Sohn. Ich muß meines lieben Sohnes gedenken, wenn der Jüngling Subhadda mich mit den kirschenschwarzen Augen fragt. Seid gut zu ihm.«

II. Die Himalaja-Morcheln

Man vernahm die Trompeten der Vorreiter und bald darauf das Stampfen der Rosse; der Wagen hielt in schicklicher Entfernung vom Eingange des Mangohaines, in welchem der Buddha und seine Jünger die Nacht verbracht hatten.

Vom Wagen her schritt ungeleitet die Gebieterin auf den Buddha zu, die Witfrau, die regierende Fürstin von Pava, die schöne Tschundi. Während sie auf der schmalen Bambusbrücke den Bach überschritt, einen gefesselten Jagdfalken auf der linken Hand, warf sie eine nußgroße Perle und einen pflaumengroßen Smaragd in das Wasser, als wollte sie sagen: »Es tut mir leid, daß der Buddha und seine Jünger keine Kleinodien annehmen.« Sie blieb sieben Schritte vor dem Buddha stehen, fragte bescheiden nach seiner Gesundheit und nach seinem Pulsschlag; dann erst, einen halben Schritt vortretend, bat sie sich die Gnade aus, den Buddha und seine Jüngerschar heute in ihrem Lusthause empfangen und allen die Almosenschalen füllen zu dürfen. Der Buddha nickte stumm Gewährung; die Fürstin entließ sofort den Falken von ihrer Hand zum Zeichen für ihr Gefolge, daß der Buddha ihre Bitte gewährt hätte.

Bis zur Stunde des Bettlermahles hoffte die Fürstin bei den Mönchen weilen zu dürfen, um ihren Gesprächen über Lehre und Zucht zu lauschen.

»Ich bin alt geworden, liebe Schwester,« sagte der Buddha, »und nicht mehr viel nütze. Doch mein guter Ananda wird dir meine Lehre vortragen, Silbe für Silbe und Ton für Ton; dreimal nacheinander wird dir der gute Ananda die Lehre der Befreiung vortragen. Dreimal. Weil du ein Weib bist, und dreimal hören, dreimal prüfen willst, bevor du kaufst.« Der Buddha lächelte nicht und keiner der Jünger lächelte. Die Fürstin aber sprach: »Befreiung, Freiheit hoffte ich von deiner Lehre, Meister; wenig gelegen ist mir an der Freisprechung durch einen deiner Jünger.«

Da blickte der Buddha freundlich, hob sich ein wenig auf dem vierfachgefalteten Pilgermantel, stützte die linke Hand in ein schwellendes Moosstück und lud die Fürstin ein, an seiner linken Seite Platz zu nehmen. Sie ließ sich nur kurze Zeit bitten; dann breiteten die Jünger einen Mantel ungefaltet auf das Gras, drei Frauenschritte vom Buddha entfernt; auf den Mantel ließ die schöne Fürstin sich nieder, die Beine unter dem goldgewirkten Rocke gekreuzt, den Oberkörper aufrecht, die schwarzen Augen auf die Lippen des Buddha gerichtet. Der überwand seine Schwäche, vergaß der Zeit und sprach zu ihr zwei Stunden lang. Drohte er niederzusinken, so sprangen immer zwei der Jünger hinzu und stützten ihn. Der Buddha aber schloß kaum für einen Augenblick die Augen und sprach immer weiter.

Inzwischen waren im Lusthause der Fürstin Speisen und Getränke in Fülle bereitet worden, und mit Tanz und Gesang, mit Harfen und Tuben und Pauken nahte dem Mangohaine von Pava ein Zug, um die Fürstin samt den Bettelmönchen einzuholen.

Gegen fünfhundert Mönche erhoben sich da, fast schweigsam und doch in froher Erwartung eines recht ausgesuchten Bettlermahles; sie hoben den Meister auf eine Bahre, und immer je vier von den Jüngern trugen die Bahre je hundert Schritte weit. Die Witfrau, die regierende Fürstin von Pava, die schöne Tschundi, schritt ganz nahe zur Linken der Bahre, und der Buddha sprach weiter Lehren der Befreiung; denn es ziemte sich nicht für den Buddha, die Freuden eines leckeren Mahles vorher in seine Vorstellung einzulassen. Den Mönchen voran eilte fröhlich der Zug der Tänzer und der Musikanten. Aber dem ganzen Zuge voraus schritt bedächtig ein junger Aszet, seines Amtes der Schützer der Schwachen; er hatte darauf zu achten, daß nach Möglichkeit kein Käfer und kein Würmchen, keine Schnecke und keine Schmetterlingspuppe zertreten würde, daß beim Zurückbiegen von Zweigen und Schlingpflanzen kein Vogelnest verletzt würde. Scharfäugig war er wie ein Falke, aber nicht gierig wie ein Falke.

Einmal aber ließ er den Zug der Mönche und der Tänzer weit ausweichen, weil ein toter Hund, vom niedern Busche kaum halb bedeckt, am Wege lag. Als der Buddha und zu seiner Linken die Fürstin Tschundi den Hund erblickten, rief die Fürstin »Pfui« und einige Mönche riefen laut barsche Worte über den üblen Geruch; und ein jeder fand etwas anderes an dem Anblick der Hundeleiche zu rügen.

»Ei,« sagte da der Buddha, »auch etwas Lobenswertes sehe ich an dem Hunde noch nach seinem Sterben. Seht doch die schönen weißen Zähne; die Zähne ordnen sich ihm wie die Blätter einer weißen Rose.« Und der Buddha hob segnend seine Hand.

Da man im Lusthause angelangt war, wurde der Buddha auf zehnfache Polster und Teppiche gebettet und die Mönche sogar durften auf weiche Teppiche niederkauern. Alles war bereitet für eine ehrfürchtige Bedienung der hauslosen Bettler. Ihre eigenen hölzernen Schalen mußten sie in den Gürteln lassen. In silbernen Almosenschalen wurden ihnen die Speisen gereicht, in silbernen Bechern die Getränke; die ersten Beamten der Fürstin, die Krieger und ihre Frauen, dienten den Bettlern. Dem Buddha selbst aber reichte, auf ein Knie gebeugt, die Fürstin Speisen in einer goldenen Almosenschale, den Trank aus seltenen Früchten in einem Becher aus Bergkristall. Der Buddha trank nicht unmäßig, doch froh gestimmt den köstlichen Trank und aß ein wenig von den erlesenen Speisen; fast hätte er gegen die Sitte ein kleines Wort über die Vortrefflichkeit der Mahlzeit geredet, so wohlschmeckend und bekömmlich erschienen ihm die Gaben der Hausfrau. Da nahte die Fürstin wieder, beugte ein Knie vor dem Buddha und hob mit einem bescheiden bittenden Blick den goldenen Deckel von einer goldenen Schüssel. Der Buddha und alle seine fünfhundert Mönche kannten den rauchenden Duft, welcher der goldenen Schüssel entstieg. Himalaja-Morcheln nur verbreiteten so erfreulichen Duft; Weltleute, welche die Weltüberwindung des Buddha nicht verstanden, nannten ein solches Gericht Himalaja-Morcheln die Leibspeise des Buddha. Der Buddha setzte sich auf seinem zehnfach weichen Lager ohne Hilfe aufrecht, während ihm die Fürstin wie mit bescheidener Bitte die goldene Almosenschale mit Morcheln füllte; dann nahm er aus ihrer Hand einen goldenen, mit Rubinen geschmückten Löffel und schickte sich an, der meisterlich gewürzten Speise alle Ehre anzutun. Das Schweigen der fünfhundert Mönche wurde noch stiller als bisher; sie wußten, daß der Buddha an seine Lieblingsjünger verteilen würde, was er in der großen goldenen Schüssel von den Himalaja-Morcheln etwa übriglassen würde. So hatte er es immer gehalten, so oft in einem gastfreien Hause das Gericht geboten worden war, das die Welt unverständig seine Leibspeise nannte.

Dreimal siebenmal hatte der Buddha den goldenen Löffel zum Munde geführt und behaglich geleert, dann faßte er plötzlich mit der linken Hand nach seiner Stirn, als empfände er dort einen heftigen Schmerz; darauf entfiel der Löffel der rechten Hand und der Buddha sank ohnmächtig auf sein Lager zurück. Die Fürstin sprang auf ihre Füße, breitete die Arme aus und sagte: »Der Buddha ist tot! Der Buddha ist in meinem Hause gestorben.«

Die fünfhundert Mönche schrien auf, warfen sich auf die Knie und ließen ihre geschorenen Köpfe die Teppiche berühren, die den Boden bedeckten. Nur der ehrwürdige Ananda erhob sich und reckte sich empor, daß er eine Spanne gewachsen zu sein schien. War der Buddha tot, der Gautama, der Fürstensohn, so fiel dem getreuen Ananda die Sorge für die Jünger zu; mit der Sorge auch wohl die Herrschaft, die Huldigung der tausend und tausend Mönche, welche weit und breit in Indien nach der Lehre und der Zucht des Meisters lebten und beim Volke in so hohem Ansehen standen. Wer weiß, vielleicht erlebte er dann endlich die Vollendung und wurde selbst ein Buddha, und wurde dereinst mit den Ehren eines Erderoberers bestattet, sowie er jetzt seinen Meister mit königlichen Ehren bestatten lassen wollte.

Der ehrwürdige Ananda trat mit einer feierlich segnenden Bewegung seiner beiden Hände an das Lager des Buddha, und ein strenger Blick seiner Augen schien die Fürstin aufzufordern, ihr Knie vor dem Nachfolger des Buddha zu beugen. Schon war sie geneigt, schon warf sie einen Abschiedsblick auf den Buddha; da öffnete dieser einen Spalt seiner Augenlider und ließ regungslos einen Strahl seiner Augen zuerst auf die Fürstin fallen und dann auf den getreuen Ananda, der rasch sein Antlitz dem Boden zuwandte und wieder um eine Spanne kleiner zu werden schien. »Er lebt,« rief die Fürstin; die fünfhundert Mönche sprangen empor und sammelten sich schweigend und doch laut hinter Ananda am Lager des Meisters.

Der Buddha, der arge Schmerzen zu leiden schien, wies mit einer leisen Erhebung seines Fingers nach der goldenen Schüssel.

Nur einen Nu später wurde der Koch von zwei Dienern hereingeschleppt und auf die Kniee geworfen; beim Haarschopf wurde er festgehalten und hinter ihm stand ein starker Mann, den Oberkörper entblößt, ein scharfgeschliffenes Richtschwert hoch in beiden Händen. Niemand sprach; nur der Koch murmelte ergeben ein leises Gebet zu Brahma. Da hörte man den Buddha flüstern:

»Der Brahma kann dir nicht helfen. Es gibt keinen Gott, der helfen kann. Um meinetwillen soll nicht getötet werden, kein Mensch und kein Wurm. Hat der Mann etwas zu sühnen, so wird er es nach seinem Tode sühnen, auf dem argen Wege, auf dem Wege der Wandlungen. Um der irdischen Gerechtigkeit willen soll er von diesen Morcheln dreimal sieben Löffelvoll essen. Er wird gesund bleiben, und man soll den Rest von den Morcheln mitsamt der goldenen Schüssel und dem Deckel und dem Löffel verscharren; zwei Ellen tief. Und niemals wieder soll einer, der meiner Lehre anhängt, von den Himalaja-Morcheln kosten.«

Mit frohstrahlenden Augen, fast gierig, immer noch auf seinen Knien, verschlang der Koch dreimal sieben Löffelvoll von der erlesenen Speise, jedesmal soviel als sein Holzlöffel fassen konnte. Dann warf er sich völlig nieder und bat, in die Gemeinschaft der Bettelmönche aufgenommen zu werden. Ein Wink des Buddha gewährte die Bitte.

Wieder flüsterte der Buddha: »Legt mich auf die Bahre und tragt mich hinaus unter den Pappelfeigenbaum, der einen Steinwurf weit hinter dem Mangohaine von Pava steht, in welchem wir die letzte Nacht Herberge hatten. Vielleicht geleitet uns die Fürstin, einem Kranken mit eigener Hand Arznei zu reichen. Wie es der Fürstin belieben mag.«

Die Fürstin Tschundi neigte freundlich und heiter das schöne Haupt und erwiderte: »Nicht zu dieser Stunde darf ich dem kranken Buddha Geleit geben. Zu dieser Stunde muß ich nach meiner Stadt aufbrechen, um dem Priester Maggallana einen Tempel des Brahma einzuweihen.«

Der Buddha blickte fragend, ohne den Kopf zu regen, nach dem treuen Ananda. »Meister,« sagte Ananda, aufmerksam dem fragenden Blicke antwortend, »ein Gegner deiner Lehre ist der Brahmapriester Maggallana. Mit geringer Achtung spricht er von dem Vollendeten; mit Verachtung gar spricht er von uns Jüngern des Meisters, mit arger Verachtung von deinem treuen Ananda. Aber es heißt, ein scharfsinniger Schriftgelehrter, ein unermüdlicher Vedenforscher sei der Priester Maggallana; und großen Zulauf hat der Priester in dieser Gegend.«

»Du hörst es, Vollendeter,« sagte die Fürstin Tschundi; »und mein Gatte, der das Fürstenhandwerk aus dem Grunde kannte, hat mich gelehrt: wohl zu beachten, wohl zu vermerken sei jeder Zulauf.«

»Meine Schmerzen,« flüsterte der Buddha, »hindern die Antwort, liebe Schwester. Die Schmerzen hindern nicht, daß ich etwas gelernt habe, etwas Fürstliches.«

Dann winkte der Buddha fast wie ein Ungeduldiger; man legte ihn auf die Bahre. Schweiß stand auf seiner Stirn, er ließ aber die Schmerzen seinen Mund nicht verzerren. Je vier Jünger trugen die Bahre je hundert Schritt weit, bis der Zug der fünfhundert Mönche beim Pappelfeigenbaum angelangt war. In einer Kutte von ungebleichter Leinwand hatte sich der Koch den Mönchen angeschlossen; er sann über auserlesene Speisen nach, die er für den kranken Buddha sorgsam zubereiten wollte.

III. Schmerzenbesiegung

Man hatte die Bahre mit dem kranken Buddha in den Schatten des Pappelfeigenbaumes gestellt, am Rande des Palmenhains von Pava. Die Jünger stimmten ein Lied an, das sie zu singen pflegten, wenn einer aus der Jüngerschar im Sterben lag; ein ruhiges Lied, das richtige Lehren enthielt über die Flüchtigkeit und Nichtigkeit des Daseins und über den Unwert des Lebens. Es war eine Sitte, mit dem Absingen dieses Liedes immer wieder neu zu beginnen und nicht damit aufzuhören, solange eine Spur von Leben in dem sterbenden Entsager war. Ruhe war in den Worten des Liedes und Ruhe in den Tönen des Gesanges; nur der junge Subhadda, der schon einmal den Frieden und die Schicklichkeit durch ein lautes Schluchzen und durch eine Ohnmacht gestört hatte, rang wieder die Hände und vergaß sich so weit, daß er zu einem der Götter der Brahmanen Gebete schickte für die Genesung des Buddha.

»Lieber Sakka, mächtiger Indra,« so betete der unkluge Subhadda, »an dem Umstande, an der Empfindung, daß dein Götterthron heiß geworden ist und daß diese Hitze dich hat auffahren lassen von deinem Throne, daran hast du es schon zu merken bekommen, daß ein frommer, daß ein heiliger Mann in Gefahr ist. Der Buddha ist in Gefahr! Lieber Sakka, mächtiger Indra, hilf ihm und hilf uns! Ich will dir ein wohlgefälliges Opfer darbringen.«

»Nicht also sollte ein Jünger des Buddha beten,« belehrte den unklugen Subhadda der treue Ananda. »Geringer als ein Buddha ist so ein Gott. Ein Buddha wird den letzten Tod sterben und kann nicht wiedergeboren werden; die leichtlebenden Götter aber können nach ihrem Tode wiedergeboren werden. Eher kann ein Buddha einem Gotte helfen, als daß ein Gott einem Buddha helfen könnte. Mit einem Rucke seiner kleinen Zehe kann unser Buddha die Götterburg umstoßen, wie man Töpferware zerbricht. Warum sollte für einen Buddha einem Gotte geopfert werden? Störe doch dem Vollendeten nicht seinen letzten Tod.«

Subhadda aber stöhnte:

»Ich muß beten, wenn der Meister leidet. Freilich habe ich es vernommen, mit eigenen Ohren es vernommen, in den Tagen meines

Hasses noch es wie einen Weckruf vernommen, was der Meister sprach: ›Wenn ein Opfer wohlgefällig ist den Göttern, wenn ein weißes Lamm den Göttern wohlgefällig ist als Sühnopfer für einen kranken Menschen, für einen sündigen Menschen, wenn der kranke, der sündige Mensch gerettet wird durch das Opfer, und wenn auch das weiße Lamm zur Seligkeit eingeht in den Armen eines Gottes – warum schlachtet der Sohn nicht seinen Vater, anstatt daß er ein Lamm schlachtet? Und warum schlachtet der Vater nicht seinen einzigen Sohn, anstatt daß er ein Lamm schlachtet?‹ Ich habe es vernommen, aber noch habe ich nicht verstanden. So muß ich beten, wenn der Meister leidet.«

»So bete, wo du willst und mußt, du Priesterzögling,« rief Ananda heftig, »aber nicht an dieser Stätte, die einst geweiht sein wird durch den letzten Tod des Weltüberwinders, des Brahmanenjägers.«

Kaum hörte der Buddha den Streit zwischen dem treuen Ananda und dem Jüngling. Er litt schier unerträgliche Schmerzen, stechende und bohrende Schmerzen, brennende und reißende Schmerzen in den Eingeweiden und in der Brust. Und weil er mit letzter Besinnung darauf achtete, daß die Schmerzen seinen Mund nicht verzerrten und seine Glieder sich nicht bäumen ließen, steigerten sich die Schmerzen zu einer Kraft, die stärker wurde als seine Besinnung. Bis zum Fieber gefoltert sah der Buddha den fahlen Mara, den Gott des Todes, vor sich hintreten, hörte der Buddha den Mara, den fahlen Gott des Todes, aus zischendem Munde sprechen: »Du bist ein Buddha, aber auch eines Buddha Herr bin ich. Sieh meine beiden leicht berückenden Töchter, die Lust des Leibes und die Lust des Geistes. Meine beiden berückenden Töchter hast du genossen, als du noch ein junger Prinz warst im gartenumgürteten Palast. Fortgejagt hast du dann schmähend meine beiden Töchter, um ohne Lust des Leibes und nach den ersten Entzückungen und Entrückungen auch ohne Lust des Geistes ein Buddha werden zu können, die Welt über deine Achsel werfen zu können. Umsonst, du Narr. Umsonst, du Mensch. Jetzt habe ich dir meine andern Töchter gesandt, die Warnerinnen, die Kundschafterinnen, die Schmerzensqualen, die stechenden und bohrenden Schmerzen, die brennenden und reißenden Schmerzen. Du Narr, du Mensch, du Buddha, du hast meine leicht berückenden Töchter über die Achsel geworfen, du hast mit den Lüsten das Leben über die Achsel geworfen. Schau zu, wie du jetzt meine anderen lieben Töchter, die Schmerzensqualen, über die Achsel werfen kannst, sie als nichtig empfinden kannst.«

Im Fieber seiner Folterqual wußte der Buddha, daß der Gott des Todes, der fahle Mara, ihn schon einmal vor langen Jahren, in den Anfängen seines Entsagertums, bedroht und beschimpft hatte, und daß er, der erwählte Buddha, der damals noch nicht ganz der Buddha war, dem Gotte des Todes getrotzt hatte und seinen schönen, wurmgeschwollenen Töchtern. Und jetzt, jetzt wagte es der fahle Mara des vollendeten Buddha zu spotten, des Buddha, der ja wahrlich das Wort und die Lehre besaß, mit dem Dasein auch des Daseins Schmerzen über die Achsel zu werfen.

Im geißelnden Fieber der Folterqual spannte der Buddha seinen äußersten Willen, lenkte der Buddha das äußerste Licht seines Denkens auf seinen äußersten Willen. Und die Folterqual zuckte, aufflackernd und dann erlöschend, unter seinem Willen.

Der Buddha fühlte, was er wußte: flüchtige Erscheinung nur war sein eigenes Ich, keine Wirklichkeit. An der flüchtigen Erscheinung nur seines Ich bohrten und stachen, rissen und brannten die Schmerzen des Todes. Und es gelang dem übermächtigen Stolze des Buddha, seinem eigenen Ich über die Achsel zu sehen, die flüchtige Erscheinung seines Ich über die Achsel zu werfen. Immer noch bohrten und stachen und rissen und brannten die lieben Töchter des fahlen Mara, die Folterungen des Lebens, als welche sich Schmerzen des Todes nannten, immer noch dauerten die Peinigungen irgendwann und irgendwo, aber nicht mehr in der Willenswelt des Buddha. Viel weiter als nur sieben Schritte weit hatte er die Schmerzen von seiner Seele fortgebannt und konnte mit Mitleiden eher als mit Leiden zuschauen, wie sie folterten, ohne eine Willenswelt zu haben, die sie folterten. Wie wenn ein Wasserfall niederstürzt über den Felsenrand, aber nicht rauscht und nicht aufschäumt, weil er seinen Wasserschwall in die unendliche Leere niederfallen lassen muß. Wie wenn ein Strahl von der Sonne ausgeht, aber nicht hitzt und nicht leuchtet, weil er nirgends auf etwas Irdisches trifft, weil er in die unendliche Leere weiterzittern muß. So tobten die Schmerzensqualen, die lieben Töchter des fahlen Mara, und stürzten sich wütend auf alle flüchtigen Erscheinungen, die der Buddha, bevor er ein Buddha war, durchlaufen hatte; und sie folterten die sterbende Schlange unter dem Bisse des Tigers, sie folterten den Tiger, dem die Schlange ihren Giftzahn ins Fleisch geschlagen hatte; sie folterten die Kohlpflanze, die der Hase benagte, und den Hasen, den die Hunde jagten; sie folterten die Spinne und die glitzernde Fliege in ihrem Netze; sie folterten den Paria, den halbverhungerten, in seinem Frondienst; sie folterten den Händler, der sich die Finger blutig kratzte, ein Goldstück aus dem Erze zu gewinnen; sie folterten den Priester, der mit keuchender Lunge nicht aufhören durfte, im Tempel seines Lügengottes Gebete aufzusagen; sie folterten den Krieger, der in der Schlacht für seinen König die breite Schwertwunde empfangen hatte. Nur dem Buddha nahten sie nicht; sie blieben ihm fern, viel mehr als sieben Schritte weit; das alles war er gewesen, das alles hatte er erlitten, und schaute jetzt zu, schaute auch den Schmerzen zu, weil er der Buddha war, der Überwinder, der Erwachte.

Flüchtige Erscheinung nur war sein eigenes Ich, sein Selbst. Die Täuschung eines Fiebertraums. Täuschung eines Fiebertraums nur war es auch, wenn er immer noch, nach der Schmerzenbesiegung, die Schmerzen seiner vergangenen Gestaltungen plötzlich wieder zu fühlen glaubte in seinem gegenwärtigen Leibe. Ei, mochten sie doch nur immer! Der Buddha war stolz genug, Zuschauer zu sein dieses wütenden Fiebertraumes.

IV. Der arge Weg

Ein Spiel war es, ein Riesenspiel war es, auf die Schmerzen des Fiebertraumes zu horchen. Noch leckten sie wie Stichflammen eines brennenden Hauses weit herüber, aus dem Bereiche seiner vergangenen Gestaltungen in sein gegenwärtiges Fleisch und Bein. Und jedesmal, wenn die Schmerzen ihn wieder foltern wollten, vermochte es der Buddha über sich, mit äußerster Anspannung seiner Willenskraft der gegenwärtigen Schmerzen dadurch Herr zu werden, daß er sie auf eine seiner vergangenen Gestaltungen zurückwarf. So betrachtete der Buddha die Leiden seiner vergangenen Gestaltungen, drei Stunden lang, nach dem Maße der Menschen, drei Weltenalter lang nach dem Maße der Vollendung.

Zuerst empfand der Buddha wieder eine Stichflamme der brennenden Schmerzen und warf sie in seine Vergangenheit zurück und schaute zu. Und schaute ein reißendes Tier mit wildem Rachen und hungrigen Zähnen; das wurde in einer der Höllen von Henkern überfallen, mit Äxten zerspalten, mit Messern zerschlitzt, von Sichelwagen zerrissen; dann wurde das reißende Tier in einen siedenden, glühenden, flammenden, flackernden Schmelzofen geworfen, daß es mit der glühend flüssigen Schmelzmasse aufkochte und emporstieg und niedersank, kopfüber, kopfunter. Und der Höllenrichter sprach zum Buddha: »Das reißende Tier warst du selbst vor drei Weltenaltern. Und die Strafe hörte nicht auf, bevor nicht das Werk deiner vorausgegangenen Gestaltung getilgt war.«

Wieder empfand der Buddha Heimkehr der Schmerzen zu seinem jetzigen Fleisch und Bein und warf sie in seine Vergangenheit zurück und schaute zu. Und er schaute einen Mörder oder einen Mann, dem es gelüstet hatte nach dem Acker seines Bruders. Und der Buddha schaute den Mörder in der Kothölle und schaute nadelmäulige Maden, die sich dem Mörder durch Haut und Fleisch und Sehnen und Adern und Knochen bohrten, um sich vom Knochenmarke zu nähren. Und schaute zu, wie das östliche Tor der Kothölle sich öffnete und der Mörder entfloh in die Flammenhölle, und wie er dort vor lauter Glut mit Fleisch und Knochen in Qualm aufging, und wie er dann durch das westliche Tor der Kothölle wieder hereingeschleudert wurde als wie vorher, wieder den Maden zum Fraß. Und der Höllenrichter sprach zum Buddha: »Dieser Mörder warst du selbst vor kurzem, noch in diesem Weltenalter, vor siebenhundert Jahren nur. Und die Leiden hörten nicht auf, bevor nicht das Werk deiner vorausgegangenen Gestaltung getilgt war.«

Und wieder zuckten die Schmerzen und der Buddha warf sie in seine Vergangenheit zurück und schaute zu. Und er schaute einen schönen und nicht unedlen Jüngling in der nächsten aller Höllen, in der Dursthölle. Die Henker der Dursthölle hatten gute Sitten und gute Kleider wie der Jüngling. »Was willst du, Lieber,« fragten sie freundlich. »Mich dürstet, ihr Herren,« antwortete er. Da rissen sie ihm mit eisernen Haken den Mund auf und gossen ihm feuriges, flackerndes Kupfer ein, feuriges, flackerndes, daß es ihm auch noch Gedärm und Eingeweide durch den After hinausriß. Und der Höllenrichter sprach zum Buddha: »Das warst du selbst eben erst, als du noch nicht ein Buddha warst, als du im gartenumgürteten Palaste dir noch Tänzerinnen hieltest und noch nicht wußtest, daß die schönen Weiber, die du damals allein um dich hattest, die leicht berückenden Töchter des fahlen Mara waren. Und die Leiden hörten erst auf, als du zum Buddha wurdest unter dem Baume der Erleuchtung. Nicht wahr, Entsager, nicht wahr? Als du zum Buddha wurdest unter dem Baume der Erleuchtung, da hörten die Leiden doch auf?«

Mitten in den Schrecknissen der Höllenbilder freute sich der Buddha da und hörte keinen Hohn, und freute sich, weil es ihm vergönnt gewesen war, ein Buddha zu werden: erlöst zu sein von der Kette der Gestaltungen. Da empfand er noch einmal etwas wie eine vorsichtige Wiederkehr der gegenwärtigen Schmerzen; wieder wollte er sie in seine Vergangenheit zurückwerfen und ruhig zuschauen. Da sah er in der Dornenhölle einen schönen, alten Mann verirrt; sechzehnzöllige Stacheln trug das Dornengesträuch, und meilenweit kein Ende des Dornenwaldes; und die Stacheln flammten auf bei jeder Berührung und eiserne Hunde jagten mit betäubendem Gebell den schönen, alten Mann in die Stacheln hinein. Unter den Dornen ruhten da und dort einige stille Gäste des Waldes; die aber waren taub und waren tot. Und der schöne, alte Mann wünschte den Tod herbei, den letzten Tod, den Tod ohne weitere Gestaltungen. Der Höllenrichter aber sprach: »Das bist du jetzt,

Vollendeter, Erhabener, du mehr als Götter und Menschen, das bist du jetzt, verirrt in der Dornenhölle, die sie auch die Hölle des Friedens nennen.«

Da rief der Buddha. Nicht der schöne alte Mann in der Dornenhölle rief es; nein, der Buddha auf seinem Krankenlager dachte es zu rufen: »Schier unerträgliche Schmerzen habe ich geduldet; nun aber habe ich sie zurückgeworfen in meine vorausgegangenen Gestaltungen; und nun lebe ich in keiner Hölle mehr, nun erst fühle ich die wahre Buddhakraft und die Wonnen der Buddhamacht.«

Der Höllenrichter hatte nicht gelächelt, da er die Dornenhölle eine Hölle des Friedens genannt hatte; und keine Trauer und kein Menschenhohn tönte aus seiner Stimme, da er jetzt sprach: »Wie es dir belieben mag. Alle Tode der Wiedergeburt bist du gestorben. Alle Werke vorausgegangener Gestaltungen hast du getilgt. Du bist dem ewigen Leben keinen Tod mehr schuldig. Und fühlst die Dornen nicht. Wirklich nicht? Und hörst die Hunde nicht. Wirklich nicht? Wie es dir belieben mag.«

Befreit von den Schmerzen, erschöpft von den Gesichten vorausgegangener Gestaltungen war der Buddha eingeschlafen. Als er wieder erwachte, ruhten alle Schmerzen und über dem Palmenhaine von Pava lag wie glitzernder Goldstaub das Sonnenleuchten des Vorfrühlingsabends. Der Buddha öffnete die Augen weit, wie einer, der die Heimat wiedersieht; er zog die Luft ein, tief, wie einer, der am Ersticken war. Und durch seine Seele flog wieder ein törichtes Gefühl, das vor fünfzig Jahren der Entsager Gautama weggetreten hatte, ein törichtes Gefühl, das seit einigen Regenzeiten, einigen Ruhezeiten den Buddha dann und wann überrascht hatte, den Buddha, den Lehrer der Lehre vom Leiden und von der Notwendigkeit des Leidens, das Gefühl, das bald so, bald anders gesprochen hatte, heute aber: wie schön ist die Welt an diesem linden Vorfrühlingsabend.

V. Der Löwenruf des Dauergedankens

Ananda und andere Mönche alter Gemeinsamkeit hatten das Lager des Buddha dicht umstanden, solange die Schmerzen ihn gefoltert hatten und auch dann noch, als er wie im Fieber dalag und zuerst ganz wilde, dann etwas sanftere Träume zu träumen schien. Der Anfall war für diesmal wohl überstanden; Ananda ordnete an, daß das Absingen des Sterbeliedes abgebrochen würde. Jetzt ging der Atem des Buddha ruhig, als ob er schliefe; da schlossen sich die Mönche der älteren Gemeinsamkeit den jüngeren Mönchen an, Ananda trug Worte der Lehre und der Zucht vor nach der allabendlichen Weise des Meisters. Niemals noch war es ihm so gut gelungen wie heute, den singenden Tonfall des Erhabenen zu treffen, bis zur Täuschung ähnlich. So glaubte er. Den greifenden, packenden Ton hatte er treffen wollen; den leise singenden Tonfall vernahmen zufrieden die Mönche. »Wir werden einen zweiten Buddha an ihm haben,« murmelten die Jünger, so daß er es hören konnte. Nicht hören mußte.

In weicher Stimmung hatte der Buddha den Übungen seiner Jüngerschar gelauscht; sie liebten ihn sicherlich alle, der unklug betende Jüngling Subhadda nicht mehr als der treue Ananda, der fast ein Meister war der Lehre und der Zucht. Und wie der Buddha der sicherlich großen Liebe seiner Jünger gedachte, da wandelte sich die weiche Stimmung in das Bewußtsein der Kraft, die die Krankheit besiegt hatte. Wer die Folterqualen der Krankheit besiegt hatte, der war auch stark genug, den farblosen Tod zu besiegen. War stark genug, den Dauergedanken zu fassen und einigen Menschen zuliebe auf den Frieden des Nichtseins zu verzichten. Und der Buddha lagerte sich, wie ein Löwe sich lagert und winkte den treuen Ananda heran. »Nicht ziemt es dem Buddha,« so dachte der Buddha, »daß er den Löwenruf des Dauergedankens ausstoße, daß er mit der Löwentatze den Dauergedanken ergreife, und daß die Jüngerschar nicht zuerst Kenntnis erhalte von diesem Aufblühen seines Willens.«

Aufmerksam war der treue Ananda herangetreten. Er sah seinen Meister daliegen, wie ein Löwe gelagert, mit den Blicken eines königlichen Löwen; aber sonst schien das Antlitz des Buddha kein

Leben mehr zu haben, kein Blut und keine Farbe; man sah, wie der Tod nur noch zu hauchen brauchte, um den Buddha zum Erlöschen zu bringen. Und da begann zwischen dem Buddha und dem treuen Ananda ein Gespräch erstaunlicher Art; denn der treue Ananda vernahm zwar die Worte des Buddha, buchstabenweise, aber er vernahm sie nicht, wie der Buddha sie gesprochen hatte, geistweise; und der Buddha wiederum vernahm die Worte des treuen Ananda noch schärfer und noch genauer, als der treue Ananda sie gemeint hatte, geistweise. Nichts faßte der treue Ananda; alles faßte der Buddha. So verlief das Gespräch. Das habe ich gehört.

Der treue Ananda beugte sich zum Buddha herab, als ob dieser im Fieber dagelegen hätte, als ob dieser nicht wie ein Löwe gelagert gewesen wäre, als ob dieser nicht wie ein königlicher Löwe geblickt hätte. »Nicht, Vollendeter, nicht, Erhabener, wird der Buddha gleich einem Kinde zur Erlöschung eingehen, bevor er Anordnungen getroffen hat in Beziehung auf seine Jüngerschar, in Beziehung auf Lehre und Zucht, in Beziehung auf des Buddha Bestattung.«

Der Buddha sprach an der heimlichen Frage, an der drängenden Frage vorbei, da er sagte: »Schön ist dieser Palmenhain im schimmernden Glanze der Abendsonne, lieber Ananda; schön ist der Palmenhain im Vollmondscheine der Lotusnacht; schön ist der Baumfriede von Pava; schön sind die Ufer des Ganges, wo sich seine heiligen Wasser mit den Wassern seiner Tochterflüsse mischen; schön ist die Welt, was die Lehre auch sagen mag.«

Darauf Ananda: »Vortrefflich, Erhabener, erstaunlich, Vollendeter; ruhe aus, laß deinen Geist ausruhen; dir allein danken wir die Wahrheit vom Leiden, die Wahrheit von der Notwendigkeit des Leidens und die Wahrheit von der Erlösung.«

Der Buddha sprach weiter: »Ich bin dem ewigen Leben keinen Tod mehr schuldig. Alle Tode ist der Buddha gestorben bis auf den letzten. Und den letzten Tod kann der Buddha von sich fortbannen mit der Kraft, die ihm die Schmerzen fortgebannt hat. Ich kann und will bei euch bleiben. Ich kann es wollen. Ich will den letzten Tod nicht sterben. Es ist euch doch lieb, liebe Brüder, wenn ich bis ans Ende dieses Weltenalters bleibe, wenn ich den Dauergedanken fasse?«

Darauf der treue Ananda: »Vortrefflich, erstaunlich ist deine Rede! Ich will dir einen kühlenden Trank bereiten lassen, Vollendeter. Ich will dir ein kühlendes Tuch auf deine Stirne legen, Erhabener.«

Zum zweiten Male bot der Buddha dem treuen Ananda sein Bleiben an: »Nicht wie ein ratternder Karren will ich meine Tage weiter fristen. Durch die Kraft meines Buddhawillens will ich die schöne Welt bejahen und dem Nichtsein heiter entsagen. Weiter leben, ein Entsagender, ein Schweigender, ein Schauender. Es ist euch doch lieb, liebe Brüder, wenn ich bis ans Ende dieses Weltenalters bleibe, wenn ich den Dauergedanken fasse?«

Darauf der treue Ananda: »Ich will dir ein kühlendes Tuch auf deine Stirne legen, Erhabener. Aber versäume nicht, was nottut. Nicht, Erhabener, wird der Buddha gleich einem armen Kinde zur Erlöschung eingehen, bevor er Anordnungen getroffen hat in Beziehung auf die Zukunft seiner Jüngerschar.«

Immer durchdringender preßte der Buddha seine Augen in die Seele des treuen Ananda. Mit einem geraden Elefantenblicke. Und der Buddha sprach: »Ich habe keinen Willen, über meine Jüngerschar zu herrschen, nicht jetzt und nicht in Zukunft. Wer über eine Gemeinde herrschen will, wer eine Gemeinde untertan machen will, der mag in dieser Gemeinde ein Herrscher werden. Ein Buddha will nicht herrschen und will keinen Nachfolger seiner Herrschaft. Der Buddha hat euch die Lehre gebracht, die Erlösung vom Leiden; und vielleicht ist der Erwachte heute neu erwacht zu einer neuen Erlösung vom Leiden. Was soll seine Herrschaft? Was soll die Bewahrung seiner Worte? Entsagen, schweigen wird der Buddha fortan, auch seinem Namen wird er entsagen wie seinen Worten. Wie töricht wäre der wunde Mann, dem ein Pfeil in der Brust stäke; der Arzt will ihn retten, will den Pfeil aus der Brust ziehen; der wunde Mann möchte aber vorher den Namen des Arztes wissen.« Und zum dritten Male bot der Buddha dem treuen Ananda sein Bleiben an: »Die Ewigkeit genügt dem Buddha nicht, um auszulernen. Und schwerer als Wissenlernen ist Schauenlernen. Ich möchte den Dauergedanken nicht wieder verlieren. Es ist euch doch lieb, liebe Brüder, wenn ich bis an das Ende dieses Weltenalters bleibe?«

Darauf der treue Ananda: »Erstaunlich und sehr bemerkenswert, Vollendeter, sind auch die Vorstellungen deines Fieberwahns. Aber sammle dich, wenn es dir belieben mag, dem ältesten und treuesten deiner Jünger klar bewußt wenigstens eine Frage zu beantworten. Ich frage dich, Erhabener, wer nach deinem Erlöschen die königlichen Ehren deiner Bestattung anordnen, leiten und durchführen soll. Gewißlich wird dem treuen Ananda diese Pflicht obliegen, Vollendeter. Aber es wäre gut, wenn du den Namen Ananda klar bewußt aussprechen wolltest, als den Namen des Jüngers, der zunächst hinter deiner Leiche schreiten soll.« Da klang ein nie gehörter Ton von den Lippen des Buddha. Niemals noch hatte der Buddha gezürnt, niemals noch hatte der Buddha gelacht. Jetzt klang es wie zürnendes Lachen, jetzt klang es von den Lippen des Buddha wie Ekel vor dem Dauergedanken. Und er sagte: »Nahegelegt habe ich es dir, du mein ältester und treuester Jünger, auf die Lippen deines Herzens gelegt habe ich es dir, ein armes Wörtchen der Freude auszusprechen über meinen Dauergedanken, darüber, daß ich dieses Weltenalter hindurch bleiben konnte und wollte. Dreimal habe ich es dir nahegelegt, dreimal hast du versagt. Hättest du ein armes Wörtchen der Freude geäußert, hättest du mich gebeten, bei euch zu bleiben, so hätte ich zweimal noch schicklich Bedenken gehabt, die Bitte zu erfüllen; auf deine dritte Bitte wäre ich geblieben. Laß gut sein, Ananda. Die Stunde ist versäumt. Jetzt ist es nicht mehr Zeit, den Vollendeten zu bitten. Entlassen ist der Dauergedanke. Ich konnte dauern wollen, ich konnte leben bleiben ein Weltenalter lang. Ich will nicht mehr. Wie ein Müder zur Waffe greift, so sterbe ich den letzten Tod als Freitod, als freien Tod des Freien. Der Buddha wirft das Leben über die Achsel. Der Buddha wird den letzten Tod noch sterben, den er nicht schuldig war. Übermorgen, mit Sonnenaufgang werde ich erlöschen. Geh, lieber Ananda, geh und sprich kein Wort. Wie es dir belieben mag.«

»Du bist der Herr über dein Erlöschen und über deinen letzten Tod. Wie es dir belieben mag, Vollendeter.«

VI. Im Parke der Ambapali

Eine unbekannte Unrast, eine fast unweise Unruhe schien sich des kranken Buddha bemächtigt zu haben; bald redete er eifrig und schnell, als wollte er die letzten Stunden seines Erdenwallens für die letzte Festigung seiner Lehre und seiner Zucht auspressen, wie man in Zeiten der Dürre eine glücklich gewonnene Frucht bis auf das letzte Tröpflein auspreßt; bald blickte er fremd und scheu nach seinen Jüngern, als wäre er ein waidwundes Reh und suchte nur im Dickicht ein stilles Versteck, dort ungesehen zu sterben. Wirklich mochte ihn die Wahl der Örtlichkeit seines Todes beschäftigen. Denn kaum eine Stunde, nachdem er sein baldiges Verlöschen vorausgesagt hatte, bat er in geziemenden Worten, ihn wieder auf die Bahre zu legen und die Bahre zwanzig Stunden weit bis nach Kusinara zu tragen. »Dort, mein lieber Ananda - sie sollen dich nicht schelten, mein lieber Subhadda, weine nicht, halte dich in meiner Nähe -, dort möchte ich meine Stunde erwarten. Dort steht vor der Stadt, am Ufer des Flusses, am östlichen Ausgang des Palmenhains der Siebenschwestern, der Zwillingsstamm eines ehrwürdigen Salbaumes, der schon zu so früher Jahreszeit, der schon am Tage des Frühlingsanfangs Blüten zu tragen pflegt. Ich möchte noch einmal diese Blüten sehen. Ich möchte noch einmal den Frühling sehen. Auch ein Buddha hat törichte Wünsche, bevor er eingegangen ist in die Wunschlosigkeit des völlig vollendeten Nirwana. Ich möchte den Zwillingsstamm des Salbaumes noch einmal sehen, wenn es euch beliebt, ihr Brüder. Weine nicht, mein lieber Subhadda.« Ungeduldig wünschte der Buddha, daß man noch heute aufbräche, um morgen bei guter Zeit das Flußufer von Kusinara zu erreichen und den Zwillingsstamm des Salbaums, am östlichen Ausgang des Palmenhains der Siebenschwestern.

Unterwegs ließ der Buddha nicht von seiner Gewohnheit, zu seinen Jüngern zu reden. Nur war es seltsam, daß er der Lehre und der Zucht kaum mehr gedachte, daß er vielmehr immer wieder Beispiele gab für den Weg zur Erlösung durch Güte. Leise sprach der Buddha, daß nur die nächsten ihn hörten; aber Silbe für Silbe, Ton für Ton wurde allen Jüngern die Rede des Meisters zugetragen, von Mund zu Mund. »Erstaunlich,« so sagten die fernsten Jünger, »höchst erstaunlich ist es, daß der Meister andere Worte, andere

Urteile, andere Werte gebraucht, als wir sie in dieser Lehrgeschichte, in dieser alten und doch nie oft genug gehörten Geschichte auswendig kennen. Da hörten wir immer die Geschichte vom weisen Hasen, der mit einem Affen, einem Schakal und einer Fischotter zusammen an einem Bache hauste, der wie seine Freunde dem Bettler eine Gabe zu reichen wünschte, der aber nichts besaß, das man geben könnte, weil Gras keine Gabe ist; der darum beschloß, sich selber dem Bettler als einen Braten zu schenken. Zünde ein tüchtiges Holzfeuer an, hatte der weise Hase gesagt; ich will mich dann auf die Glut legen und mich braten lassen für dich. Erstaunlich ist es, ihr Brüder, daß der Meister, der Vollendete, den Hasen heute nicht den weisen Hasen genannt hat, sondern den guten, dummen Hasen. Erstaunlich, ihr Brüder, ist die Änderung der Worte, der Urteile, der Werte.«

Weiter redete der Buddha zu seinen Jüngern, wie er es gewohnt war. Milde Worte, linde Worte, während sie die Bahre vorwärts trugen in der Richtung von Kusinara. Nahe an seiner linken Seite schritt der ehrwürdige Nathaputta, der zweitälteste seiner Jünger. Als der Buddha einmal seine Rede unterbrach, verbeugte sich der ehrwürdige Nathaputta und sprach also zum Erhabenen: »Erstaunlich, Erhabener, scheint den jungen Brüdern die Änderung in den Worten, den Urteilen, den Werten deiner Rede. Das ist nicht die Sprache des Buddha, sagen die jungen Brüder. Eine neue Sprache, ihr Brüder, werden wir lernen müssen. Nicht verstehen können wir mehr den Erhabenen, ehe bevor wir seine neue Sprache gelernt haben.«

Der Jüngling Subhadda folgte der Bahre in schicklicher Entfernung; er wollte dem ehrwürdigen Nathaputta antworten: »Ich, ich verstehe den Meister!« Da verstummte er, denn der Buddha sprach.

»Der berufen war zum Hirten der Männerherde, sollte keine andere Sprache reden als die Sprache der Herde, als die Sprache, die er selbst der Herde gelehrt hat. Wer seine eigene Sprache reden will, wer mit sich selbst reden will, zu sich selbst, der war nicht berufen zum Hirten. Der hat keine Stelle an der Spitze der Herde, keine Stelle inmitten der Herde. Der ist außerhalb und eigen und frei und einsam, wie das einsam wandelnde Nashorn. Und schwatzt weiter, weil er noch gar nicht bemerkt hat, daß er außerhalb ist und allein und frei.«

Eine gute Weile schwieg jetzt der Buddha. Dann redete er wieder, als hätte er es eilig, milde Worte mitzuteilen, auszuteilen, linde Worte, Worte der Erlösung durch Güte.

Die Mitternacht war nahe und immer noch redete der Buddha, leiser und leiser; immer noch kam die Rede Silbe für Silbe und Ton für Ton zu allen Jüngern, von Mund zu Mund. Wieder besprachen sich die fernsten Jünger, deren Gemurmel die Rede des Buddha nicht stören konnte, und gaben ihre Betroffenheit zu erkennen. »Erstaunlich ist es, ihr Brüder, daß der Meister die alte Geschichte von jenem Buddha der Vorzeit erzählt, von jenem unvordenklichen Buddha, der zuerst seine beiden geliebten Kinder dem Feinde geschenkt hat, und der hernach sein schönes und gutes Eheweib dem Feinde geschenkt hat, nur um auf dem Wege zur Buddhaschaft nicht aufgehalten zu werden, um nichts Liebes zu haben und nichts Leides. Höchst erstaunlich und bemerkenswert ist es, ihr Brüder, daß der Meister, der Vollendete, heute von dem armen Buddha der Vorzeit spricht, wo er ihn sonst den herrlichen Buddha der Vorzeit genannt hatte. Erstaunlich und bemerkenswert ist die Änderung in Worten, Urteilen und Werten.«

Wieder berichtete der ehrwürdige Nathaputta dem Buddha, an dessen linken Seite er schritt, wie die Jünger die neue Sprache des Meisters nicht verstünden, wie sie nur staunten über die Änderung der Worte, der Urteile, der Werte. Wieder wollte der Jüngling Subhadda rufen: »Ich verstehe ihn!« Wieder verstummte er, denn der Buddha sprach.

»Der keine Stelle mehr hat an der Spitze der Herde, und keine Stelle inmitten der Herde, der schon ganz außerhalb ist und allein und frei, der schwatzt weiter in seiner neuen Sprache, die die andern noch gar nicht sprechen. Und es ist noch gar nicht seine letzte Sprache. Hätte der Buddha gar in seiner letzten Sprache geredet, so hätte er nicht weiter reden können. Wie eine Tänzerin nackt und immer nackter vor dem Volke tanzt; wenn die Tänzerin den letzten Schleier abgeworfen hat, dann kann sie nicht mehr tanzen, dann ist sie wieder Weib und kann sich nur noch für den brünstigen Beifall des Volkes bedanken. Und wenn sie nicht mehr tanzen kann, vollends nackt, wenn sie sich mit einer Beugung für den brünstigen Beifall des Volkes bedanken will, dann verbrennt sie vor Scham, und es wäre ihr eine Kühlung, sich auf einem Scheiterhaufen verbrennen zu lassen. Also auch scheut der Buddha davor zurück, in seiner letzten Sprache zu reden.«

Die Mitternacht war vorüber, als die Jünger mit der Bahre dort angelangt waren, wo sie Rast machen wollten. Es war der immergrüne Laubwald von Mangobäumen, den einst die Buhlerin Ambapali, die reiche und wohlgeartete Freundin der Fürsten, dem Buddha und seiner Jüngerschar zum Geschenke gemacht hatte; dort dehnten sich weite Hallen aus festen Balken des Salbaumes, und mehr denn tausend Büßer hatten Raum in diesen Hallen. Zur Regenzeit freilich hätte eine so große Schar von unerwarteten Gästen sich behelfen müssen, weil ja zur Regenzeit das Wandern den Mönchen verboten war als gefährlich für die unzählig hervorsprießenden und hervorkriechenden Pflänzlein und Tierlein. Doch jetzt, zur Zeit des Frühlingsmondes, hausten kaum dreißig Mönche in diesen Hallen, im Mangoparke der Buhlerin Ambapali. Dennoch gab es Aufstand und Geschrei, als die Jüngerschar mit der Bahre, auf der der Buddha lag, das Gebäude betrat. Und der Aufstand und das Geschrei wurden nicht geringer, der Aufstand und das Geschrei steigerten sich noch, als man erfahren hatte, daß der todkranke Buddha angelangt war. Bis der Buddha in geziemenden Worten um Ruhe gebeten hatte. Dann wurde der Buddha auf die weichen Polster der Krankenstube gebettet, ein kühlender Trank wurde ihm bereitet, vom Koche der Fürstin Tschundi sorgsam bereitet, und Stille herrschte ringsum in den Hallen und in dem Mangoparke der Buhlerin Ambapali.

Die Sonne stand schon in halber Höhe und der Buddha hatte noch kein Zeichen gegeben, daß er die Jünger zu sehen wünschte. Er hatte die Nacht schmerzlos verbracht, denn die Schmerzen blieben fortgebannt in die früheren Gestaltungen seines Ich; schmerzlos hatte er die Nacht verbracht, aber auch schlaflos. Gewundert hatte er sich in seiner Unrast, daß eine Sehnsucht über ihn gekommen war, den betenden Subhadda an sein Lager zu rufen; und daß er, der Vollendete, der Buddha, zu sehr gebunden war von den eigenen Lehren und Satzungen, um seiner Sehnsucht nachzugeben. So sann der Buddha in der dunkelschwarzen, dann in der mondhellen

Nacht und jetzt in diesen Morgenstunden über seine eigenen Lehren und Satzungen; und wieder wunderte er sich, daß er all in seiner Schwäche einen mächtigen Antrieb fühlte zu reden, zu predigen, den Weg der Erlösung zu beschreiben, daß er sich aber ganz unkräftig fühlte, daß er sich schämte, irgendeine der Reden zu wiederholen, die er den Jüngern so oft und so gut vorgetragen hatte, immer mit den gleichen Worten. Wie vielleicht die schönste unter den braunen Tänzerinnen seines Palastes, seines einstigen Prinzenpalastes, sich schämte; wie sie sich schämte beim Tanzen des Tanzes der sieben Schleier, noch bevor sie den letzten Schleier abwarf, wenn sie eine Tanzfigur wiederholen sollte; wie sie jedesmal aus Scham, daß sie Getanztes wiedertanzen sollte, einen Schleier fortwarf, und so einen Schleier nach dem andern. So schämte sich der Buddha, daß er die Tanzfiguren seiner Worte wiederholt hatte, daß er seine eigenen Reden nachgesprochen hatte. Fünfzig Jahre lang hatte er nachgesprochen, wie ein Ananda, was ihm an Erkenntnis gekommen war in der langen Nacht unter dem Baume der Erleuchtung. Vorbei an allen neuen Fragen, die ihm gekommen waren in diesen fünfzig Jahren, hatte er selbstzufrieden die alten Antworten nachgeredet, wiedergekäut. Ausgespiene Nahrung. Ihm wurde schwarz vor den Augen in einem Fieber des Denkens; neue ungefragte Fragen, Fragen ohne Antwort drängten sich um sein Lager. Weltenalter vor ihm hatten andere Buddhas gelebt und jeder von ihnen hatte, wie er selbst, für einen Buddha gegolten. Hatte bei einer bescheidenen Gemeinde der Vorzeit für einen Buddha gegolten. Tierische Ungeheuer dünkten seinem Denken nun die Buddhas der Vorzeit. Wird er, Gautama Buddha, dem einstigen Buddha des kommenden Weltenalters nicht wieder in Gestalt eines tierischen Ungeheuers erscheinen?

Heute wachte er nicht unter dem Baume der Erleuchtung. Aber heute senkte sich ein Strahl des hellsten Lichtes einer Übersonne auf ihn herab und lehrte ihn den Zweifel, den Zweifel an den alten Antworten, die er fünfzig Jahre lang sich selbst nachgeredet hatte.

Ist ein Buddha, der für sich selbst ein Buddha geworden ist, irgendwie auch ein Buddha für andere? Kann der Buddha ein Führer sein auf dem Wege der Erlösung, weil er den Weg, den fast unauffindbaren Einen Weg selbst gegangen ist? Darf der Buddha den Weg der Erlösung auch nur beschreiben, das Erlebnis seines Schreitens in Worten mitteilen? Ist es nicht ein Rückfall in die Sehnsucht nach Gestaltungen, wenn der Buddha die Welt erlösen will? Könnte er's? Könnte ein Buddha etwas wirken?

Ungefragte Fragen ohne Antwort, bisher ungefragte Fragen. Eine Antwort dämmerte dem Buddha herauf, in zackigen Umrissen wie mit roten Blitzen auf die Dunkelheit der Nacht gezeichnet. In Menschenworte nicht zu fassen, auch nicht in die alten Buddhaworte.

Unzerreißbar die Kette der Ursächlichkeit. Schlag und Tod. Flamme und Rauch. Zeugung und Geburt. In der Kette der Ursächlichkeit keine Lücke für die Wirkung eines Opfers, eines Gebets. Gelogen hatten die Priester, die Brahmanen, nach ihrem Amte. Aber auch keine Lücke für eine Wirkung von Buddhaworten. Der Buddha will kein Priester sein, kann nicht lügen. Eine unzerreißbare Kette der Ursächlichkeit alles. Wie die Sonne sich am Himmel wälzt, wie der Nebel steigt und der Regen fällt, wie das Kind gezeugt wird und über neue Zeugungen zu Alter, Krankheit und Tod gelangt.

Klar bewußt dachte der Buddha in die roten Blitze dieser dunklen Nacht hinein: »Ein Steinbröckchen und ein Tiger und ein Buddha bin ich gewesen und es war kein Unterschied und es machte keine Lücke in der Kette der Ursächlichkeit. Nichts konnte ich wirken, nichts konnte ich schaffen, auch als Buddha die unendliche eherne Kette nicht beschweren und nicht entlasten. Ein Sonnenstäubchen, wenn ich mich an sie hängte. Nun aber werde ich nichts mehr werden als etwa ein Gott, um zu erfahren, ob ein Gott etwa irgendein Ding wirken, irgendein Ding schaffen kann. Ich werde es erfahren: auch die Götter sind solche Sonnenstäubchen. Wie die Buddhas. Ohne Gewicht an der Kette. Ich will nicht schamloser sein, als einst meine Tänzerin war. Ich will keine abgestandenen Antworten mehr geben, ich will kein Knecht mehr sein meiner eigenen alten Worte, kein Knecht mehr sein von Götterworten, Priesterworten, Buddhaworten, Menschenworten.«

VII. Die Schmetterlingspredigt

Vor der Krankenstube tönte es wohl von hundert leisen Stimmen; viele der Mönche hatten mit ihren Almosenschalen den Bettelgang durch die nahen Dörfer angetreten, die meisten von den Mönchen aber waren zurückgeblieben, in der Nähe des Buddha zu sein an seinem letzten Tage. Plötzlich schwoll das Summen draußen lauter an. Ananda öffnete die Tür, stellte sich in schicklicher Entfernung am linken Kopfende des Lagers auf und meldete: ein Vorreiter hätte die Nachricht gebracht, die Fürsten aus dem Hause der Licchaver würden mit großem Gefolge binnen kurzem eintreffen und mit ihnen wäre der gelehrte Brahmane Naciketas gekommen, alle begierig, Worte der Lehre und der Zucht aus dem Munde des Buddha noch einmal zu vernehmen. Ohne den Kopf zu regen, wandte der Buddha seine Augen dem treuen Ananda zu; kein Wort wurde gewechselt darüber, ob der kranke Buddha imstande wäre, die Gäste zu empfangen. Auf seinen stillen Wink wurde ein Lager von weichen Polstern vor der Halle, zwischen der Halle und dem Mangoparke, aufgerichtet, auf einer ebenen Sandfläche. Der Buddha trank einen halben Becher von einem stärkenden Tranke, den der Koch der Fürstin Tschundi bereitet hatte, sorgsam bereitet hatte mit aller seiner Kunst; dann wurde der Buddha auf die Polster im Freien gelagert. Ganz bleich war der Buddha; und deutlich sahen die treusten unter seinen Jüngern den runden hellen Schein um seinen weißen Haarschopf. Einmal versuchte er die Lippen zu öffnen, aber er sprach nicht.

Bald aber klang aus der Ferne das Gewirr des nahenden Zuges; in reich geschirrten Wagen, auf prächtigen Pferden und auf getürmten Elefanten kamen die Fürsten aus dem Hause der Licchaver, kostbar gekleidet, in weißen und blauen, in gelben und roten Gewändern. Im Halbkreis stellten sie sich, nachdem sie abgestiegen waren, in schicklicher Entfernung um den Buddha herum, hinter ihnen die Mönche in ihren Kutten von ungebleichter Leinwand. Der älteste unter den Fürsten nahm das Wort und sprach: »Zu uns gedrungen, Vollendeter, ist mit Sonnenaufgang die Kunde, daß du in der morgenden Frühe uns verlassen willst, erlöschen, eingehen in die selige Welt des Nichtseins. Da war es uns ein inniger Wunsch, dich noch einmal zu sehen, dich noch einmal zu hören, noch einmal uns den

Weg der Erlösung von dir beschreiben zu lassen. Auch der gelehrte Brahmane Naciketas hat sich uns angeschlossen, ob er nicht zu deiner Lehre bekehrt würde. Wie es dir belieben mag, Meister.«

»Müde und schwach ist der Vollendete,« antwortete der Buddha nach einer langen Pause, »schweigend möchte er die Stunde seines Erlöschens heranrücken sehen - seine Stunde, die Stunde der Entbindung von der Welt. Der treue Ananda mag meine Lehre euch vortragen, Silbe für Silbe, Ton für Ton, wie er die Worte von mir gehört hat, Fürst der Licchaver, dir und deinem Gefolge und auch dem gelehrten Brahmanen Naciketas.«

»Nicht den treuen Ananda zu hören, sind wir hergekommen, Vollendeter. Nicht kennt der Buddha Trauer des Abschiednehmens, nicht kennt der Buddha das Todesgrauen, nicht kennt der Buddha Schmerz um das Aufhören des nichtigen Lebens. Nicht dünkt die Welt den Buddha schön. Fröhlich kann uns der Buddha lehren, fröhlich in das Nichtsein einzugehen. Fröhlich kann der Buddha den gelehrten Brahmanen beschämen. Wie es dir belieben mag, Meister.«

Da fühlte der Buddha seine Unkraft schwinden, und seine Seele lachte über die schamvolle Vorstellung, er könnte heute predigen, was er je gepredigt hatte, er könnte heute Worte sagen, die man je von ihm vernommen hatte. Eine fast wilde Lust ergriff ihn, den Fragen leise das Tor zu öffnen, die ihn heute in den Morgenstunden bestürmt hatten; eine fast wilde Lust ergriff ihn, das Neue auszusprechen, das über ihn gekommen war. Er hob seine Rechte und gebot Schweigen; mit strengem Blicke seiner Augen. Dann stützte er sich auf den linken Arm, lagerte sich, wie ein Löwe sich lagert, hob noch einmal seine Rechte, blickte noch einmal umher, jetzt milde und frei, und sprach:

»Lernen ist besser als lehren. Wenig tauglich zum Lernen ist, wer lehren zu können glaubt. Schweigen lernen ist das beste Lernen. Ich möchte schweigen, aber ich soll nicht schweigen und ich kann nicht schweigen. An dem Erlebnis der Erlösung ist etwas, das nicht in Menschensprache sprechbar, das nicht in Worten mitteilbar ist. An dem Leiden, an dem Entstehen des Leidens, an dem Verschwinden des Leidens, an dem Wege, der zum Verschwinden des Leidens führt, ist etwas, das nicht in Sprache sprechbar, das nicht in armen

Worten mitteilbar ist. Der kleine Tod hat das Leiden in die Welt gebracht, der große Tod überwindet das Leiden. Der unzählige und endlose Tod, der unfreie, hat das Leiden in die Welt gebracht; der letzte Tod, der freie, überwindet das Leiden. Ich möchte schweigen; und ich möchte reden, was noch nie geredet worden ist. Zu Menschen habe ich immer geredet, in den Worten der Menschen, in irrenden Worten der Menschen. In schweigenden Worten der Sterne und der Bäume möchte ich reden, was noch etwa zu reden wäre. Für Fische und Vögel möchte ich reden, die die Lüge der Menschenworte nicht kennen. Lernen möchte ich von den schweigenden Worten ihrer unmenschlichen Sprache. Und morgen in der Frühe werde ich das letzte Geheimnis lernen, werde ich mein eigenes Schweigen lernen unter den Blüten des Salbaumes, am östlichen Ausgang des Palmenhaines der Siebenschwestern.« Der Buddha schien sich auf seinen Polstern zu heben, mehr als daß er sich wirklich hob; er blickte fern, als sähe er über den Mangopark hinweg den Zwillingsstamm des Salbaumes, der sich eben über Nacht mit seiner Fülle von rosenfarbenen Blüten bedeckt hatte. Und der Buddha sah und hörte, wie viele Tausende von Faltern und Immen um die rosenfarbenen Blüten des Salbaumes flatterten und summten, lebensfroh, unbekannt mit dem ewigen Tode, der das Leiden brachte, und unbekannt mit dem letzten Tode, der die Erlösung vom Leiden brachte. Da glänzte es noch heller um den weißen Haarschopf des Buddha. Stärker noch und klarer bewußt als in den heutigen Morgenstunden, da dem Einsamen die Übersonne des Zweifels in die Seele geschienen hatte, kam dem Buddha wieder eine Erleuchtung, wie damals vor fünfzig Jahren, da ihm unter dem Baume der Erkenntnis am Ufer des Flusses Neranjara, in jener heiligen Lotusnacht die Erlösung gekommen und die Kenntnis des Weges und seine Buddhaschaft. Fest stützte er sich auf seinen linken Arm, weitsegnend hob er die rechte Hand und sprach laut mit der Stimme des dreißigjährigen Mannes:

»Euch will ich predigen in meinem höchsten und niedersten Stündlein, ihr Immen und Falter, ihr lieben Bettelmönchlein meiner lieben Blumen. Den Menschen habe ich gepredigt ein Leben lang, die ließen meine Worte zurückklingen, wie die toten Felsen Worte zurückklingen lassen, und nannten das Hören; sie sagten, daß sie hörten. Ihr, meine lieben Bettelmönchlein, hört mir ja wahrlich auch nicht zu; aber ihr sagt doch nicht, daß ihr höret. Soll meine Predigt euch einen Weg weisen, den ihr sicherer geht als ich? Ihr, meine lieben Meisterlein, ihr, meine lieben Lehrerlein, ich will hören, ich will lernen, und euer Surren und euer Flattern soll meine Predigt sein, soll mir eure Predigt sein.

Wir armen Menschen haben an Götter geglaubt und an zweckvolle Absichten der Götter; ihr summet nichts von Göttern und nichts von Zwecken, ihr summet keine Menschenworte. Wir haben uns von der leidvollen Gegenwart zu befreien geglaubt und haben das Wesen der Gegenwart durchschaut. Wir haben ergrübelt, daß alles nur im Entstehen ist, im Werden, in der flüchtigen Erscheinung, daß Nichts ist in einer Gegenwart, nichts bleibend, nichts dauernd. Wir haben die Vergänglichkeit erlebt und ergrübelt. Ihr aber, meine lieben Meisterlein, wisset von den Dingen, die jemals waren und jemals sein werden, nichts als die Gegenwart, und dieses euer Wissen ist eben dasselbe Wissen wie unser tiefstes Grübeln über den Unwert dieser Gegenwart. Ihr, meine lieben Lehrerlein, erlebt an eurem Leibe das unbegreifliche Wunder der Seelenwanderung; ihr lieben Falter seid Raupen, Puppen und Sommervögel und wandelt euch so und sprecht dennoch niemals von einem Wunder. Heil euch, daß ihr nicht zu wissen glaubt, was ihr erlebt. Heil euch, daß ihr euch in treue Fäden einspinnt und nicht in treulose Worte. Heil dir, du erster Lotushimmelsfalter dieses Frühlings, daß dich die Raupe nicht kümmert, aus der du geworden bist. Wir haben uns wie Kinder gefreut, als wir die Fabel von dem Blinden und dem Lahmen erzählt bekamen; blind sei der Körper des Menschen und lahm seine Seele; auf dem Rücken des Blinden wandle der Lahme durch die Welt. Heil euch, ihr lieben Meisterlein, ihr lieben Lehrerlein, daß ihr über diese Fabel nicht weinen müsset, daß ihr über diese Fabel nicht lachen könnet, daß ihr diese Fabel nicht verstehet. Heil euch, daß ihr keine Worte machen könnet, keine klugen treulosen Worte. Nacheinander, in langsam verrollenden Menschenaltern, mußten Buddhas kommen, nacheinander, Buddhas, deren erbloser Nachfahre ich bin, bevor wir die Weisheit aus dem Abgrund zu holen wagten, bevor wir den Satz zu sprechen verbieten konnten: das ist mein! das bin ich! In treulosen Worten zu verbieten wagten, den Satz in treulosen Worten zu sprechen. In treulosen Worten, auf die kein Verlaß ist. Ihr lieben Meisterlein, ihr habt diese Weisheit nicht aus dem Abgrunde zu holen gebraucht, ihr habt die treulosen Worte gar nicht besessen. Wir Ärmsten leben im Flusse der Erscheinungen, und wir müssen aus dem Flusse an das Ufer der Erlösung flüchten. Immer flüchtet ja der Mensch ans andere Ufer. Heil euch, in eurer ewigen Gegenwart. Erlösung ist euch ein Steinbröckchen, an dem ihr vorübersurrt und vorüberflattert, ein wertloses Steinbröckchen. Fällt eins von euch unversehens in einen Fluß – o du mein liebes Lehrerlein, ich komme dir zu Hilfe mit einem Reishalm oder mit einem Lotusstengel! –, dann zappelt es, so wie wir zappeln nach dem Ufer der Erlösung. Uns aber kommt niemand zu Hilfe, kein Menschengott. Heil euch, meine lieben Meisterlein, meine lieben Lehrerlein, weil ihr nicht wisset, daß ihr Meisterlehrer seid, weil ihr keine Schulen gründet, keine Predigten predigt, keine Worte wortet, weil ihr euch selber treu seid. Ich dank' euch schön für die schweigenden Lehren eures Daseins, meine lieben Meisterlein. Ich dank' euch recht schön. Ich habe ja was gelernt, habe mehr von euch gelernt als aus den Schriften der Brahmanen und durch alle Bemühungen meines Menschenkopfes. Steckt eure Rüsselein tief, tief in die Blüten des Salbaums. Und wenn ich morgen unter dem Salbaum liege, beinahe so weise wie ihr, dann kommt heran, kommt heran, so viele ihr seid, und deckt mir die Augen, die erloschenen Augen, daß wenigstens die erloschenen Augen nicht sehen müssen, was so weh tut in der Welt der Menschen. Die so schön wäre, wäre zu den armen Menschen nicht Geburt und Tod gekommen, nicht das Alter und die Krankheit, nicht das Wollen und das Denken.«

Der Buddha sank zurück in seine Polster. Müde und selig blickte der Buddha und schluchzte.

Der Buddha schluchzte.

Drüben, nur zwölf Schritte vom Buddha entfernt, stand der Jüngling Subhadda und weinte nicht und stand nicht allein; eine Gruppe von Jüngern, die ihn liebgewonnen hatten seit zweien Tagen, stand um ihn. Sie starrten nach dem Buddha. »Den Regenbogen hat er uns heruntergeholt!« flüsterte der eine. »Jetzt hat sein Blick mir die Wange gestreichelt!« flüsterte der andre. »Jetzt kann mich kein Leid mehr treffen!« flüsterte der dritte. Da empfand und erschaute der schluchzende Buddha das Glück dieser Kinder. In einer Wonne des Daseins hob er nach ihnen segnend die Rechte. Und die Jünger, die

Kinder, lautlos sanken sie in die Knie unter seinem Segen. Und konnten nicht weinen vor Andacht.

Lange blieb es still vor der Halle der Mönche im Mangoparke der Buhlerin Ambapali. Dann verbeugten sich die Fürsten der Licchaver und etwas zögernd sagte einer nach dem andern: »Erstaunlich ist, wie du in gewohnter Weise, klar bewußt, Worte der Lehre und der Zucht gesprochen hast, Vollendeter.« Die in der Ferne standen von der Jüngerschar des Buddha, flüsterten einander zu: »Erstaunlich ist und bemerkenswert die Änderung in den Worten, den Urteilen und den Werten.« Der gelehrte Brahmane Naciketas aber schlich im Halbkreise bis zu dem treuen Ananda heran, näherte seinen Mund dem Ohre des Ananda und sagte leise: »Zu spät scheine ich gekommen zu sein, um den Scharfsinn eures Buddha zu bewundern. Du wirst nicht leugnen, ehrwürdiger Ananda, daß dein Buddha kindische Worte geredet hat wie andere Greise. Wie es dir belieben mag.« Noch leiser erwiderte der treue Ananda: »Es ist nur eine Schwäche. Wir hätten ihn ruhig erlöschen lassen sollen. Der arme Meister! Er weiß kaum mehr, was er spricht. Morgen in aller Frühe wird er erlöschen.«

Inzwischen hatten die Fürsten der Licchaver miteinander Rat gehalten, und der Jüngste von ihnen trat vor, um sich als Laiengenosse in die Jüngerschar der Mönche aufnehmen zu lassen. »Dankbar,« sagte der junge Fürst, formelhaft und schamlos, »habe ich zum dritten Male fast mit den gleichen Worten deine Lehre vernommen von dem Leiden, vom Erlöschen des Leidens und von dem Wege zum Leiderlöschen; eben jetzt wieder hast du deine Lehre eindringlich vorgetragen, und weil du im Begriffe bist, in das Nichtsein einzugehen, so will ich nicht länger zögern mit der Bitte, mir als einem Laiengenossen deines Ordens noch vor deinem Erlöschen selbst die Weihe zu geben.«

Der älteste unter den Fürsten der Licchaver, der gebietende Fürst, lächelte zufrieden vor sich hin, da sein Enkel mit diesen Worten und so ferner geziemend seine Zuflucht beim Buddha suchte. Prinzen brauchen nicht zu hören, was ein Buddha etwa Neues vorbringt. Darum lächelte der gebietende Fürst der Licchaver, da sein Enkel unbekümmert weiter redete, was üblich war.

Als ob der Buddha in dieser Schmetterlingspredigt nur formelhaft und schamlos wiederholt hätte, was er seit fünfzig Jahren zu lehren pflegte, als ob nicht ein neues Erwachen des Erwachten alle seine Worte der Lehre und der Zucht umgestoßen hätte, ganz so redete der junge Fürst. Den Spruch, den er auswendig gelernt hatte, als man von der Burg der Licchaver ausgefahren war zum alten Buddha, die gleichen formelhaften und schamlosen Worte sprach er jetzt bis ans Ende zum Buddha vor ihm: »Vortrefflich, Herr, vortrefflich! Gleich wie etwa, als ob man Umgestürztes aufstellte, oder Verdecktes enthüllte, oder Verirrten den Weg zeigte, oder Licht in die Finsternis brächte. Herr, ich nehme meine Zuflucht bei dem Erhabenen und bei der Lehre und bei der Gemeinde der Jünger; als seinen Verehrer und Anhänger betrachte mich der Erhabene fortan, Zeit meines Lebens.«

Der Buddha hatte sich noch nicht erholt. Er war nicht ganz bei sich selber, konnte aber doch ein wenig Wasser selbst über den Scheitel des jungen Fürsten der Licchaver ausgießen. Alle übrigen Formen, Handreichungen und Übungen der Aufnahme eines Fürsten unter die Laiengenossen besorgte gewissenhaft der treue Ananda nach der Gepflogenheit.

Als die Aufnahme unter die Laiengenossen nach der Gepflogenheit vollzogen war, lag der Buddha mit geschlossenen Augen regungslos auf seinem Polster. Aber die Sonne war untergegangen, das Dunkel breitete über dem Mangopark der Buhlerin Ambapali. Da dachten die Fürsten der Licchaver der Heimkehr. Lärmend, wie auf einem Festplatz, war das Treiben des Aufbruchs. Fackeln wurden angezündet und beim Scheine der Fackeln stiegen die Fürsten und ihr Gefolge auf die reichgeschirrten Wagen, auf die prächtigen Pferde und auf die getürmten Elefanten; grell fiel der Schein der Fackeln auf die weißen und blauen, auf die gelben und roten Gewänder der Gäste. Noch von weitem hörte man das Rasseln der Wagen, das Stampfen der Pferde, das. Trompeten der Elefanten und das Schreien der Fackelträger.

VIII. Der treue Ananda

Schweigend ruhte die Nacht über den Mönchen und über den Laubkronen des Mangoparks. So still und so friedlich ruhte der Buddha schweigend, als wäre er schon eingegangen in das selige Nichtsein.

Nicht aber durfte er an dieser Stelle auslöschen, im Parke der Buhlerin Ambapali. Nicht durfte es geschehen, daß nicht zur Wahrheit würde, was der Buddha vorhergesagt hatte: auslöschen würde er am Morgen des dritten Tages unter dem Zwillingsstamme von Kusinara, am östlichen Ausgang des Palmenhains der Siebenschwestern. Die Mönche blickten erwartungsvoll nach dem treuen Ananda; denn sie waren das Gehorchen gewöhnt.

Da befahl der treue Ananda aufzubrechen, damit der Buddha auslöschen könnte nach seinen Worten: am Fuße des vorblühenden Zwillingsstammes von Kusinara. Mit lauter Stimme befahl Ananda den Aufbruch, wie ein Priester, wie ein Brahmane zu befehlen pflegt. Mit lauter Stimme ordnete er an in der schweigenden Nacht, wie die Mönche den sterbenden Buddha sorgsam auf die Bahre lagern, wie sie die Bahre sorgsam tragen sollten. Unter den Klängen lehrhafter Lieder setzte der Zug sich in Bewegung. Dicht hinter der Bahre schleppte sich der Jüngling Subhadda wie ein Hund, der der Bahre seines toten Herrn folgt und nicht weiß, wo er sonst hingehören möge.

Singend trugen sie die Bahre mit dem sterbenden Buddha; je vier Jünger trugen die Bahre je fünfhundert Schritte weit; und schon begann die letzte Gestaltung des Buddha noch vor dem letzten Erlöschen Wunder zu wirken, wie nachher nach dem letzten Erlöschen. Es wurde also die Bahre mit dem sterbenden Buddha schwer wie Blei, fast nicht zu erheben, wenn je vier junge Mönche sie trugen ihre fünfhundert Schritte weit; es wurde die Bahre mit dem sterbenden Buddha schwebend leicht wie die Erscheinung einer Seifenblase, wenn je vier alte Mönche sie trugen ihre fünfhundert Schritte weit. Das habe ich gehört.

Der Buddha hatte seit seiner allerletzten Predigt die Augen nicht mehr geöffnet, keinen Finger mehr bewegt, kein armes Wörtchen mehr gesprochen. Stumm schritt der treue Ananda am linken Kopfende der Bahre; heiser betend taumelte der Jüngling Subhadda hinter den Trägern her; in guter Ordnung folgten die Mönche und sangen mit schicklich gedämpften Stimmen die Lieder der Lehre. Dem ganzen Zuge voran schritt wieder der Büßer mit den Falkenaugen, den man den Schützer der Schwachen nannte; noch sorgsamer als sonst spähte er in die Dunkelheit hinein, daß auf dem allerletzten Wege des Buddha kein Käfer und kein Würmchen, keine Schnecke und keine Schmetterlingspuppe zertreten würde.

In feierlichem Zuge sollte das Geleite des kranken Buddha in Kusinara eintreffen. Der treue Ananda hatte zu guter Zeit den Fürsten der Maller Botschaft zukommen lassen: noch vor Ablauf des Tages, noch vor der finstersten Stunde dieser Nacht würde Gautama, der Buddha, in Kusinara eintreffen, am Ufer des Flusses Hiranyavati, am östlichen Ausgang des Palmenhains der Siebenschwestern; und der Buddha hätte beschlossen, dort unter dem Zwillingsstamme des vorblühenden Salbaumes in das Ausgelöschtsein einzugehen, das bei den Brahmanen das Nirvana genannt werde.

Als der Zug, feierlich und in erfreulicher Ordnung, am Ufer des Flusses Hiranyavati angelangt war, am östlichen Ausgang des Palmenhaines der Siebenschwestern, fehlte noch ein siebzigfacher Kuckucksruf zur Mitternacht. Aber die Fürsten der Maller mit ihren fürstlichen Frauen und ihren fürstlichen Kindern waren schon zur Stelle, nicht gesonnen, auf den letzten Abschied vom Buddha zu verzichten. Wie gut war der Erhabene, der Vollendete, der Sieger, der Löwe aus dem Sakyastamme, der dem Weichbilde ihrer Burg die Ehre gönnen wollte, lieber da als anderswo zu erlöschen. Als sie ihn nun wie einen Toten auf der Bahre liegend fanden, sprachen viele Stimmen durcheinander, sprachen lebhaft durcheinander die Fürsten der Maller, ihre fürstlichen Frauen und ihre fürstlichen Kinder. »Was geboren wurde, muß sterben,« riefen die Männer oder so ähnlich. »Das Heil der Welt ist erloschen,« riefen die Frauen oder so ähnlich. »Einen Buddha haben wir gesehen,« riefen die Kinder oder so ähnlich.

Inzwischen war der treue Ananda geschäftig, als wie ein Heereshauptmann am Tage der Schlacht. Verfallen war das Antlitz des Buddha und der fahle Tod stand darin geschrieben. Da räumte

Ananda fast hochmütig den Platz an der Seite des Sterbenden dem Jüngling Subhadda, der jetzt nicht mehr weinte und nicht mehr betete, sondern selbst zu schlafen schien, wie ein ermüdeter Hund neben dem Lager des Herrn. Der treue Ananda aber ließ aus dem nahen Rasthause Polster herbeischaffen und die Polster und viele achtfachgefaltete Pilgermäntel ließ er wie zu einem Brautbett schichten unter dem Zwillingsstamm des Salbaumes, des vorblühenden, am Ufer des Flusses Hiranyavati. Rätselhaft wie ein Traum starrte die Doppelkrone dunkel in die Mondscheinnacht. »Noch hat er bei Untergang der Sonne nicht geblüht,« flüsterte der alte Pantherjäger, der seit vielen Monden im nahen Rasthause weilte und der Mönch und Nichtjäger zu werden entschlossen war, seitdem er einst den Buddha über die Tiere reden gehört hatte.

Und der treue Ananda schrieb Briefe und schickte Boten nach allen Weltrichtungen, auserwählten Fürsten, Wohltätern, städtischen und dörflichen Gemeinden anzukündigen, daß sie Reliquien, daß sie Aschenflocken vom Buddha zu erwarten hätten, wenn es ihnen so beliebte.

Und der treue Ananda, während er Briefe und Boten sandte, und während der bewußtlose Gautama auf das hohe Lager getragen wurde wie auf ein Brautbett, unterhandelte mit den Fürsten der Maller über die Bestattung des Buddha. Wie einen ihrer eigenen Fürsten, mit den Leichenehren ihrer eigenen Fürsten gedachten die Maller den Buddha zu bestatten, der leise atmend vor ihnen lag wie auf einem Brautbett; drei Tage und drei Nächte sollte nach ihrer Meinung die Leichenfeier dauern. Doch der treue Ananda hob den geschorenen Kopf aus dem Rocke von ungebleichter Leinwand und sprach laut zu den Fürsten und beugte sie seinem Willen. Wie ein Großkönig sollte der Buddha bestattet werden, mit allen Ehren eines Königs, eines Erderoberers; sieben Tage und sieben Nächte müßte die Feier dauern. Sonst legte der treue Ananda den sterbenden Meister wieder auf die Bahre und ließ ihn weiter tragen durch die Nacht zu besseren Fürsten, zu Fürsten, die wußten, was einem Buddha gebührte. »Wie es euch belieben mag, ihr Herren.«

Die Fürsten der Maller erklärten sich bereit, den Buddha wie einen Erderoberer zu ehren; dann brachen sie auf mit ihren fürstlichen Frauen und mit ihren fürstlichen Kindern, so geräuschlos wie möglich, in Kusinara die Leichenfeier für den Buddha vorzubereiten wie für einen Erderoberer. »Ein harter Mann,« so redeten sie zueinander, »ist der Statthalter des Buddha, ist der Mönch Ananda. Nicht wissen wir noch, nicht weiß er selbst, ob er ein Buddha sein wird, ob ihm Erlösung werden wird. Aber groß ist die Macht eines Mönchs, den der Buddha zu seinem Nachfolger bestellt haben mag.«

Immer noch hatte der treue Ananda Winke zu geben und zu befehlen, Kleines und Großes; immer noch hatte er keine Zeit, sich um den sterbenden Gautama, den Buddha, zu kümmern, der ja doch wohl vor dem Erscheinen der Morgensonne nicht erlöschen würde. Auch an das Schicksal der Buddhalehre zu denken, war nicht Zeit; kaum daß der treue Ananda in Augenblicken der Ermattung einen Überschlag machte, wie viel zehnmal zehntausend Mönche und Nonnen und wie viel zehnmal zehntausend Laiengenossen in den Landschaften Hindostans lebten, kaum daß ein unklarer Plan aus der Nacht schon in dieser Stunde ihn anrief: Lehrer der Lehre hinauszusenden von Hindostan nach den alten Kaiserreichen und Inseln und in Wirklichkeit zu tun, was Gautama, der Buddha, versäumt hatte, in Wirklichkeit ein Erderoberer zu werden und dereinst die Bestattung eines Erderoberers zu verdienen, besser zu verdienen als sie Gautama, der Buddha, verdient hatte. Er, Ananda, auch er wieder ein Buddha! Da doch sonst nur einmal in jedem Weltenalter ein Vollendeter, ein Erwachter erscheinen durfte.

Der treue Ananda schlug mit geballter Faust seine Brust. Mit Buße, mit Kasteiung hatte die Buddhaschaft Gautamas begonnen. »Ergreifend, ihr Brüder, ergreifend,« so murmelten die Jünger, die von geziemender Entfernung zusahen, »ergreifend ist die schickliche Trauer des Statthalters Ananda um den sterbenden Meister. Ob er wohl noch ein Buddha zu werden hofft, da er doch bei so hohen Jahren noch keine Buddhazeichen trägt? Doch Silbe für Silbe und Ton für Ton weiß er die Worte der Lehre und der Zucht.«

Die Nacht verging, ohne daß Gautama, der Buddha, sich regte, ohne daß er ein Merkmal des Lebens gab. Erstaunlich waren seine geschlossenen Augen nach der Doppelkrone des Salbaums gerichtet, die in den dunklen Nachthimmel schwarz hineinragte. Der Mond war untergegangen; im Osten rötete sich ein heller Streifen.

Dicht am Lager des Buddha kauerte immer noch neben einem ungefalteten Pilgermantel der Jüngling Subhadda, wie ein im Schlafe wachehaltender Hund.

Kein Menschenlaut war zu hören; nur einige Tiere des Waldes kamen jetzt, vor der ersten Morgendämmerung, als wollten sie Abschied nehmen von ihrem lieben Freunde Gautama, dem Buddha. Kleines und großes Getier; auch ein mächtiger Löwe kam, leckte dem Buddha die Hand und trottete dann mit schweren weichen Schritten wieder fort.

Auf einem Zweige des Salbaumes hatten ein Äffchen und ein Papagei nebeneinander geschlafen; jetzt rührte sich der Papagei und öffnete den Schnabel zu einem Schrei; da gab das Äffchen dem Vogel einen leichten Klaps auf den Kopf, daß er schweigen sollte.

IX. Das ganz ferne Lachen

Der Frostschauer, der der aufgehenden Sonne vorauseilt, seit der Geburt der Sonne rings um die Erde vorauseilt, zitterte über das Flußufer von Kusinara; die Augenwimpern des Buddha erzitterten dem kalten Boten der Sonne; dann öffnete der Buddha zum letzten Male seine Augen. Weit, groß. In helles Morgenlicht gebadet, lag die Landschaft; zu seiner Rechten konnte der Buddha die weißen Linien des Hochgebirges verfolgen bis dorthin, wo die dreiunddreißig Götter wohnten; zu seiner Linken blitzte der erste Sonnenstrahl über den Hügel, der die Wasser des heiligen Ganges von den Wassern des Flusses Hiranyavati trennt, und blitzte schon auf die glänzenden Kronen des nahen Palmenhains der Siebenschwestern; zu seinen Häupten aber schimmerte wie eine Wolke von Rosen die Doppelkrone des Salbaums mit ihren dicht gedrängten, unzählbaren, durch ein Wunder in dieser letzten Stunde aufgeschlossenen Liebesblüten. Weit und groß öffnete der Buddha die glücklichen Augen; weit und groß breitete der Buddha die Arme dankbar nach der Doppelkrone des Salbaums aus und hob sich, wollte sich heben.

Das habe ich gehört.

Beim Anblick des Wunders, beim Anblick des vorzeitig blühenden, des vorblühenden Salbaums erschienen vor den noch einmal geöffneten Augen des Buddha alle Wunderzeichen, alle Wundertaten, mit denen ein Buddha sich seinen Mitlebenden als ein Buddha erweist. Von einer stark auf ihren starken Hüften aufrecht stehenden Mutter wird ein Buddha geboren; auf seinen Beinchen läuft das kleine Buddhawesen, kaum geboren, den armen Menschen entgegen, die sein bedürfen. Stehend hatte seine Mutter Maya den kleinen Gautama geboren und sich nur lächelnd an einem blühenden Pfirsichzweige festgehalten; und sieben Schritte weit war der kleine Gautama, kaum geboren, den armen Menschen entgegengelaufen, sieben Schritte weit fort von dem Vater und fort von der Mutter den armen Menschen entgegen, die sein bedurften.

Jetzt hatte er den Dauergedanken entlassen und wollte erlöschen, verscheiden. Aber stehend wollte er eingehen in das Nichtsein, stehend, wie seine Mutter Maya ihn stehend geboren hatte. Er hob sich oder wollte sich heben. Sich festhalten an einem Blütenzweige des Salbaumes. Stehend auslöschen, klar bewußt.

Das habe ich gehört. Uneinig waren über das, was sie da gesehen hatten, die Zeugen, die Mönche. Ihrer vierhundert sahen und sagten, daß der Buddha nur die Arme ausgestreckt hätte und sie dann plötzlich im Todeskampf fallen gelassen. Die übrigen Mönche aber, die wenigern, die geringer waren an ihrer Zahl, die sahen und sagten, daß der Buddha sich ohne Hilfe aufgerichtet hätte, wie eine Palme aus der Wurzel über sich steigt, und daß er dann plötzlich umgesunken wäre als ein Toter.

Aufschrie der Jüngling Subhadda, der den Meister bei der Sehnsucht, die er in ihm ahnte, hatte unterstützen wollen; und schon standen die Mönche um den Buddha, der die Augen wieder geschlossen hatte, um sie auf der Erde nicht wieder zu öffnen, und der leise röchelte.

»Heute, mit dem Erscheinen der Morgensonne, wolltest du eingehen in das Ausgelöschtsein, Meister,« also redete Ananda in geziemender Ruhe zum Buddha. »Nichts Neues geschieht uns da. Was geboren wird, das muß wieder von uns gehen. Ist aber deine Stunde gekommen, Meister, und hört dein Ohr noch meine Worte, Meister, so versage es uns nicht, noch die letzten Befehle zu erteilen in betreff deiner Jüngerschar. Wie es dir belieben mag.« Der treue Ananda konnte sehen, wie der sterbende Gautama, der Buddha, die letzte Aufforderung hörte, wie er sich bemühte, die Augen zu öffnen und wie es bei einem Zittern der Lider blieb. Und wie Gautama, der Buddha, dreimal ansetzte, die Lippen zum Sprechen zu bewegen. Selbst der treue Ananda jedoch konnte nicht sehen, und der Jüngling Subhadda, der am Fußende des Lagers niedergekniet war, konnte nicht fühlen, wie den sterbenden Buddha die bewußte Klarheit schon verließ, wie er noch die Aufforderung vernommen hatte und den Willen besaß, letzte Abschiedsworte zu sprechen, wie er aber die Gedanken nicht fand, die Worte nicht fand. Nicht laut genug hatte der treue Ananda an das Tor seines verstummenden Herzens gepocht. Keine neugeborenen Gedanken mehr kamen dem Buddha, keine neugeborenen Worte mehr kamen dem Vollendeten. Nur was der Knabe in der Schule der Brahmanen einst gelernt hatte, drängte sich jetzt schwer und bang über die Lippen, da es dem Buddha endlich gelang, sie zu bewegen.

»Was geboren wird, was lieb ist, angenehm, muß anders werden, muß auswerden, auslöschen. Nichtig jede Erscheinung. Kein Selbst. Und doch ... jede Erscheinung ... nur für sich ... kämpfen.«

Dann war es ganz still.

Kaum hörbar hatte der Buddha die Sprüche geflüstert. Ananda legte seine Hand auf die Brust des Buddha; kein Herzschlag war mehr zu fühlen. Da sagte Ananda mit schicklicher Trauer: »Eingegangen in den letzten Tod, in das Ausgelöschtsein, in das selige Nichtsein ist unser Meister, Gautama, der Buddha. Allsogleich wollen wir Boten aussenden wegen der Leichenfeier, die ich ihm ausgewirkt habe bei den Fürsten der Maller, so ehrenvoll wie für einen Erderoberer.«

Geschäftig trat Ananda zu den Mönchen, ordnete die lehrhaften, die gar nicht klagenden Lieder an, die sie anzustimmen hatten, und sandte nach allen Richtungen vorbereitete Briefe und Botschaften ab. Der Mönch Nathaputta, der dem treuen Ananda zunächst stand an Alter und Ansehen, redete solchergestalt zu Ananda: »Hast du wohl beachtet, lieber Bruder...«

»Nicht also,« mahnte streng der treue Ananda, »hat doch Gautama, der Buddha, einmal bestimmt, daß der ältere Mönch zum jüngeren wohl Bruder sagen dürfe, daß der jüngere den ältern aber als einen Ehrwürdigen zu begrüßen habe. Zu achten sind die Anordnungen des Meisters.«

»Vortrefflich, ehrwürdiger Ananda. Hast du wohl beachtet, als du eben das Wort Ausgelöschtsein gebrauchtest, Ehrwürdiger, daß der Buddha (selig und geheiligt sein Andenken!) nur das Wort Auslöschen gesprochen hatte in seinen letzten Worten?«

Schon wollte der ehrwürdige Ananda fast heftig antworten. Uneins waren sie oft gewesen, die beiden ältesten Jünger des Lehrers Gautama, Ananda und Nathaputta; nicht Silbe für Silbe wußte Nathaputta die Lehre, nicht sagte er die Lehre Wort für Wort; Freiheiten nahm er sich heraus; jetzt gleich wollte Ananda dem Gegner zeigen, daß er allein, daß Ananda allein der Nachfolger des Buddha wäre. Daß Ananda ein Buddha zu werden ausersehen war, mochte

Gautama, der Buddha, auch gemeint haben, in jedem Weltenalter nur einmal erscheine ein Buddha. Und vielleicht war Ananda erst der wahre Buddha! Fast heftig tat Ananda einen Schritt gegen Nathaputta heran. Da sahen die beiden alten Mönche, daß sich der Jüngling Subhadda über den Meister gebeugt hatte als wie ein Horchender, als ob Gautama, der Buddha, die Sprache wiedergefunden hätte. Da rief der treue Ananda die Mönche um sich, hieß sie selbst die Lieder unterbrechen und sagte zu ihnen streng befehlenden Tones: »Die letzten Worte des Buddha haben wir vernommen. Die letzten Worte hat der sterbende Buddha zu uns gesprochen. Was auch dieser Jüngling vorgeben mag, von dem Buddha nach dessen letztem Tode noch vernommen zu haben, es ist unwahr, es ist Lüge. Nach der Leichenfeier wollen wir darüber beraten, ob die letzten Worte des Meisters die Silben *Auslöschen* oder *Ausgelöschtsein* enthalten haben. Dieser Jüngling gehört nicht zu uns. Fortjagen sollten wir ihn, weil wir ihn doch nicht töten dürfen nach den Satzungen der Lehre.«

Der Jüngling Subhadda lag immer noch über den Meister gebeugt als wie ein Horchender. Er hatte sich, als er den Buddha tot glaubte, zu dessen Füßen niedergeworfen und hatte, als die Mönche sich zurückgezogen hatten, jammervoll zu klagen angefangen: »Mich verlasse nicht, Meister, mich nicht. Den andern hast du den Weg der Erlösung gewiesen, mir nicht. Als ein Feind bin ich hinter dir hergeschlichen, dich zu bestreiten, dich zu überführen, dich meinem alten Lehrer preiszugeben, dem bösen Kassapa. Da kam mir die Erleuchtung. Du bist ein Buddha. Was die echtesten Veden lehren, lehrst du. Was die weisesten Brahmanen wissen, weißt du. Was die edelsten Vorzeitbuddhas waren, bist du, und dazu, was sich nicht aussprechen läßt: du, du, du. Zu spät! Meine Zuflucht suche ich bei dir und deiner Jüngerschaft! Und du hörst mich nicht mehr.«

Eine Berührung der ausgestreckten rechten Hand fühlte der Jüngling Subhadda, als gäbe ihm der Buddha ein Zeichen. Und als er aufsprang und sich hinüberbeugte als wie ein Horchender, da blieben wohl die Augen des Buddha geschlossen, aber von den Lippen kam es wie aus der Ferne, beinahe unhörbar: »Mein liebes Kind, ich danke dir. Du hast mich lieb. Die Jünger haben mich nicht lieb. Behalte mich lieb. Bleib draußen. Keine Gemeinde, keine Kirche ist eine Zuflucht. Zuflucht ist allein bei der Liebe; und keine Liebe ist in einer Kirche, bei den Priestern, bei den Brahmanen. Du sollst nicht einer Kirche sein, nicht eines Vereines, nicht eines Glaubens. Behalt mich lieb. Aber auch mein sollst du nicht sein. Sei du! Sei dein! Nur sich selbst kann einer erlösen. Selber kämpfen. Immer nur für sich selbst: leben, sterben, erlösen. Flieh die Jüngerschar. Sprich keine Worte nach. Hab' mich lieb, aber glaube nicht an mich. Gerungen habe ich, ehrlich, stark. Weiß ich darum, daß ich ein Buddha bin? Weiß ich jetzt, was das Sein ist und was das Nichtsein?«

Die flüsternde Stimme des Buddha verklang wie von ferne; aber der Jüngling Subhadda horchte und lauschte noch inniger, denn ihm war, als hätte der Buddha nicht aufgehört zu ihm zu sprechen, als wäre die Stimme nur weit, weit weg geflüchtet, wie man die leisen Wellen nicht hört, die sich unmerklich im Abendwinde über die Fläche des Sees bewegen. Und wirklich - jetzt näherte sich die Stimme noch einmal, fast noch hörbar; weit weg, weit weg, eben noch hörbar dem horchenden Jüngling Subhadda. Und heiter klang's. Dünn wie der Faden eines Spinngewebes und doch wie ein Lachen.

»Gerungen hat der dumme Buddha. War ja nur ein Mensch. Ist jetzt bald einer von den lieben, klugen, kleinen Faltern. Meinen Meisterlein. War ein törichter Meister. Wollte das Nichtwollen lernen und lehren. Lernte nichts, lehrte nichts. Sprich keine Worte nach. Als der dumme Buddha das Nichtwollen ausgelernt hatte, da wollte er wieder etwas: das Nichtsein. Dumm. Nicht wahr, mein Falterlein? Und als er das Nichtsein hatte, der lebende törichte Buddha, da wollte er doch wieder etwas: wissen wollte er. Und als er nicht mehr wissen wollte, weil er alles zu wissen glaubte, und als er das Nichtsein hatte, der dumme Buddha,« - immer leiser, immer leiser, doch wie das Lachen eines Silberglöckleins tönte es, das habe ich gehört - »da wollte er leben«.

Immer weiter, immer ferner klang das Flüstern, klang das Lachen; über Erdenfernen hinaus; und wie auch der Jüngling Subhadda horchte, es kehrte nicht noch einmal zurück.

Gautama, der Buddha, neigte sein Haupt und verschied.

Das habe ich gehört. Ein tiefes Beben ging durch die Erde. Ein Windstoß schüttelte die Doppelkrone des Salbaums und trug die rosige Wolke wie eine Blütenschneedecke weich und sanft herab und breitete sie über das Brautbett des Buddha. Und mit den Blüten flogen unzählige Falter herbei und umflatterten die rosige Schneedecke von Blüten. Zahllose Falter, die die Falter der Morgenröte heißen, und zahllose Pfauenaugen und Lotusfalter und Schachbrettfalter und die kleinen smaragdgrünen Tausendaugenfalter setzten sich in den lichten Schein um seinen weißen Haarschopf. Zwei Kristallfalter breiteten ihre glashellen Flügel über seine beiden Augen, auf daß die erloschenen Augen nicht sehen müßten, was weh tut in der Welt der Menschen. Und ein großer, dunkler Falter, den sie im Abendlande Trauermantel nennen, der aber im Morgenlande Göttermantel heißt, flog plötzlich vom Munde des Buddha fort in die Richtung der weißen Linien des Hochgebirges, wo die Götter hausen.

Das habe ich gehört.

X. Bestattung des Dauergedankens

Das habe ich gehört.

Ein Göttermantel, der dunkle schwefelumsäumte Schmetterling, den sie im Abendlande den Trauermantel nennen, flatterte vom Munde des erloschenen Buddha nach dem Hochgebirge, wo die Götter hausen. Der Göttermantel trug die Seele des Buddha in seinem zarten Körperchen. Noch war diese Seele nicht entlassen. Fünf Schauungen, fünf Befreiungen hatte die Seele eines Buddha nach dem letzten Tode noch zu erfahren, bevor, was in dieser Seele noch Buddha war, sich entschließen durfte, die Seele zu entlassen. Welche fünf? Die Befreiung von der Erdenschwere, die Befreiung von den Elementen, die Befreiung vom Herzschlage, die Befreiung von Erinnerung, die Befreiung von Menschheit. Drei Befreiungen, drei Schauungen hatte der Göttermantel mit der Seele des Buddha schon erfahren, drei Bande hatte er schon abgestreift, die Erdenschwere, die Elemente und den Herzschlag, als er sich in der ungestalten Behausung der Götter niederließ.

Wolkengebilde. Ungeheuer ohne Herz. Formlose Ungestalten. Tiger, Krokodile, Seetiere, Skorpione und Elefanten aus Wolkendunst. Keine Menschenerscheinung. Nur was von Gautama übrig war, dem Buddha, das schwankte jetzt wieder in Wolkenwandlungen, bald ein Göttermantel, bald ein schöner alter Mann.

Die Götter, Buddhas der Vorzeit, drängten sich in ihren Wolkentiergestalten um den neuen Gott. Sie redeten in einer ganz unmenschlichen Sprache, in einer ungeworteten Sprache, und dennoch verstand er sie. Wie aus weiter Ferne, nicht klar bewußt. So weit war er von ihnen getrennt, wie er vom Jüngling Subhadda getrennt gewesen war, da er eben zu ihm gesprochen.

»Das also ist Gautama, der Buddha dieses Weltenalters. Hat noch die beiden letzten Befreiungen nicht erfahren, hat noch Erinnerung, hat noch Menschheit. Ist noch nicht leicht genug. Auch Erinnerung ist noch Erdenschwere. Auch Menschheit ist noch Erdenschwere.«

Gautama, der tote Buddha, fragte die Götter wieder, was er schon vor seinem letzten Tode oft und gern gefragt hatte: »Wer ist der Gott, daß Menschen ihm opfern mögen? Seid ihr solche Götter? Bin ich so ein Gott? Bin ich noch nicht den letzten Tod gestorben? Ist das hier nochmals ein Sein? Wo ist das Nichtsein, wo ich nicht mehr bin?«

Wieder verstand Gautama, der tote Buddha, wie von ferne, was die dreiunddreißig Götter untereinander murmelten in ihrer ganz unmenschlichen Sprache, in ihrer ungeworteten Sprache: »Da war nicht Nichtsein und da war auch Sein nicht. Da war die Freiheit, zu wählen zwischen Sein und Nichtsein. Gautama ist noch nicht leicht genug, hat noch Erinnerung, hat noch Menschheit. Schau! Augengestalten sind wir, um zu schauen. Du kannst was Besonderes schauen. Nach dem letzten Tode die eigene Bestattung zu schauen, das ist für einen toten Buddha der Anfang der Weisheit. Schau! die Wolken sind gefällig. Die eigene Bestattung zu schauen ist die letzte Befreiung von Menschheit, von Erdenschwere. Schau und lerne das tote Lachen der toten Buddhas, die Götter geworden sind.«

Die gefälligen Wolken öffneten einen Ausblick auf die Erde und die ungestalten Göttergestalten drängten sich, der Bestattung Gautamas zuzusehen. Auf einen Stirnknochen des Krokodils, das Sakka war, ein Buddha der Vorzeit und jetzt der Gott Indra, setzte sich der Göttermantel mit dem Seelchen des toten Buddha, weil das ein ruhiges Plätzchen zum Schauen war. Und in der Wolkenbehausung der Götter war kein Jahr und keine Zeit, war keine Weltgegend und kein Raum, darum konnten die dreiunddreißig Götter schnell und wie auf einmal betrachten, was sieben Tage auf der Erde dauerte: die Bestattung des Buddha mit allen Ehren eines Erderoberers.

Die Fürsten der Maller kamen mit Blumen und Weihrauch, mit Zelten und Baldachinen, mit Wimpeln und flatternden Fahnen; und Gesang und Tanz hörten nicht auf, während siebenmal die Erde hell wurde und wieder dunkel unter den Blicken der dreiunddreißig Götter. Fünfhundertmal wurde der Leichnam des Buddha in feine Linnen gebunden. Dann wurde der Leichnam in einen erzenen Sarkophag gelegt, oben und unten durchbrochen, und wurde von Mönchen und Fürsten bis an die Stelle getragen, wo vier Straßen sich kreuzten und wo ein Scheiterhaufen von Sandelholz errichtet war. Der Sarkophag wurde auf den Scheiterhaufen gelegt und bei Gesang und Tanz das Sandelholz in Brand gesteckt. Und man hörte das Gemurmel der Fürsten: »Lieb ist uns der tote Buddha, der keine

Geschenke mehr von uns verlangt für den Heuschreckenschwarm seiner Mönche.« Und man hörte das Gemurmel der Mönche: »Erlöst hat uns die Erlösung des Buddha endlich von dem großen Entsager. Heimgesucht waren wir und unsere Brüder fünfzig Jahre lang von seinem: Das müßt ihr tun! Das müßt ihr lassen! Jetzt wollen wir nicht traurig sein, wenn wir auch nicht mit den Tänzern und mit den Sängern tanzen und singen dürfen. Tun wollen wir, was uns beliebt. Was uns nicht beliebt, wollen wir nicht tun. Der ehrwürdige Ananda ist kein Buddha.«

Der ehrwürdige Ananda aber saß mit gekreuzten Beinen auf Polstern und achtfachgefalteten Pilgermänteln neben dem erkalteten Sarkophag und blickte wie ein Heerführer am Tage der siegreichen Schlacht und verhandelte mit den Abgesandten der fürstlichen Familien, die auf die Kunde vom Tode des Buddha von überall herbeigeeilt waren. Die wollten die Überreste des Buddha haben, acht Familien.

Da ertönte von den Zinnen der nahen Mallerstadt kriegerischer Lärm, Posaunen wurden geblasen, Trommeln wurden gerührt. Aus dem geöffneten Tore nahte der regierende Fürst der Maller an der Spitze von vielen Gewaffneten. Er schritt bis an die Stelle, wo vier Straßen sich kreuzten, hielt die gepanzerte Hand über den erzenen Sarkophag und sagte:

»Auf unserem Boden ist der Buddha seinen letzten Tod gestorben. Unser sind darum seine heiligen Überreste. Nicht eine einzige Aschenflocke werde ich hergeben, solange auch nur ein einziger Maller, ein einziger Krieger aus dem Stamme der Maller noch am Leben ist. Und meine Macht ist groß. Zehnmal zehntausend bis an die Zähne bewaffnete Krieger sind bereit, meinen Befehlen zu gehorchen und die heiligen Überreste des Buddha zu verteidigen. Ein Frevel wäre es, die Ruhe des Buddha zu stören. Nirgendwo als an dieser heiligen Stätte darf ein Kuppelmal sich erheben, und wenn acht Städte darüber in Flammen aufgehen und unzählige Muttersöhne darüber ihr Blut vergießen müßten. Wie es euch belieben mag, ihr Herren.«

Tosendes Gezänk entstand am Sarkophage des Buddha. Die Abgesandten schrien durcheinander; und schwuren, alle ihre Krieger zu vereinigen und die Stadt der Maller dem Erdboden gleich zu machen. »Lieber wollen wir die Asche und die Knochen dieses Büßers Gautama in den Fluß werfen und alles ins Weltmeer hinuntertreiben lassen, als daß wir den Übermut der frechen Maller noch länger dulden.«

Schlimmere Worte noch flogen hin und her; drohend wurden die Fäuste geschwungen. Viel fehlte nicht, und am Sarkophage des Buddha wären Menschen getötet worden um des Buddha willen.

Da trat Ananda dazwischen und suchte die Streitenden zu besänftigen. Silbe für Silbe und Ton für Ton sprach Ananda die Lehre des Buddha nach, daß Haß niemals durch Haß getilgt würde, daß des Friedfertigen allein der Friede nach dem Tode wäre. Und aus eigener Weisheit, aus eigener Überredungskunst fügte Ananda hinzu, was etwa die erbitterten Gegner zum Nachgeben bewegen könnte; er schilderte die grausamen Höllenstrafen, die der Höllenrichter über jeden verhängen würde, der dem Nachfolger des Buddha nicht gehorchte.

»Nicht zehnmal zehntausend, höchstens dreimal zehntausend Krieger kann der Fürst der Maller aufbringen,« so redeten zueinander die Abgesandten.

»Vielmal so viel Krieger als wir, können die vereinigten Fürsten bis zum nächsten Vollmonde aufbringen; und der Fürst der Licchaver gar hat zwei starke Mauerbrecher in seinem Zeughause,« so redete ein Hauptmann zu dem regierenden Fürsten der Maller.

Da schlossen die Abgesandten ihren Frieden mit den Mallern, und die Maller schlossen ihren Frieden mit den Abgesandten. Jeder sollte sein Teil haben an den heiligen Überresten. »Wie es dem ehrwürdigen Herrn Ananda belieben mag.«

Da setzte sich der ehrwürdige Ananda wieder mit gekreuzten Beinen auf die Polster und die achtfach gefalteten Pilgermäntel und ordnete die Anteile.

Weiße Knochen des Buddha waren auf dem Roste des Sarkophags geblieben und gar keine Asche. Der ehrwürdige Ananda verhandelte mit allen acht Familien. Die Familie der Sakya erhielt den Kopf des Buddha, weil Gautama ja aus dem Geschlechte der Sakya stammte und von seinen Verwandten den Namen Sakyamuni erhalten hatte (das ist der Weise aus dem Sakyageschlechte), seitdem er als ein Buddha geehrt war. Die übrigen Knochen, weiß gebleicht durch das Feuer, wurden sorgsam und wohl abgewogen an die sieben Familien verteilt, die sich als Anhänger um den Buddha verdient gemacht hatten und jetzt Kuppelmale über seinen Knochen errichten wollten.

Auch die Fürstin Tschundi hatte ihre Ansprüche angemeldet: in ihrem Lusthause hatte sich Gautama, der Buddha, die Verheißung, die Gewähr, die Ursache zu seinem letzten Tode geholt. Als die Fürstin Tschundi erfuhr, es gäbe keine Knochen mehr, da wollte sie wenigstens die Asche des Buddha haben. »Die Asche kannst du haben, Fürstin,« sagte da der ehrwürdige Ananda, »wenn du über ihr ein Kuppelmal aufzurichten versprichst. Doch es ist nicht die Asche des Buddha; es ist nur Holzasche, die sich unter dem Sarkophag gesammelt hat.« – »Ei, so will ich die Sandelholzasche nehmen und ein Kuppelmal über ihr errichten. Mein Kuppelmal wird größer sein als alle andern und darum größeren Zulauf haben, ob auch nur Sandelholzasche darinnen ist.«

Auch die Buhlerin Ambapali, die Freundin der Fürsten, wollte Überreste des Buddha besitzen. Der ehrwürdige Ananda, weil sie dem Buddha und seiner Jüngerschar den Mangopark zum Geschenke gemacht hatte, der hunderttausend Goldgulden wert war, überließ ihr den Sarkophag, in dem der Leichnam des Buddha verbrannt worden war. »Wertvolleres habe ich erworben als meine Fürsten, die einen weißgebleichten Schenkelknochen des Buddha erhalten haben. Den Sarkophag habe ich erworben, den erzenen, in welchem eine vorübergehende Erscheinung, der Körper des Buddha lag, wie in seiner menschlichen Gestaltung der Geist des Buddha lebte, eine vorübergehende Erscheinung.« Da lachten die Fürsten der Licchaver und schnalzten mit den Fingern und riefen: »Und klüger ist die Ambapali auch noch als wir anderen alle!«

Die dreiunddreißig Götter sahen zu mit ihrem toten Götterlachen. »Es tut gut, der Bestattung eines Buddha zuzuschauen.« Nur das Seelchen des Gautama, weil es noch nicht befreit war, noch nicht losgebunden war von Erinnerung und von Menschheit, starrte ohne göttliche Heiterkeit auf die Erde hinunter. Müde war es Gautama, der eigenen Bestattung zuzuschauen. Da hörte er, da sah er, was ihn nicht mehr müde bleiben ließ. Der ehrwürdige Ananda gab seinen

Mönchen Befehl, den Jüngling Subhadda zu fesseln. Als der Jüngling, den man von den Polstern hatte wegreißen müssen, auf denen der Buddha erloschen, von den Mönchen gefesselt worden war, schickte ihn der ehrwürdige Ananda zu dem gelehrten Brahmanen Kassapa mit folgender Botschaft: »Unsere Lehre und Satzung verbietet uns, den Jüngling Subhadda zu töten, den du ausgesandt hast, unsern Buddha auszuforschen, zu widerlegen, zu vernichten. Dein Schüler Subhadda hat dich verraten, hat dich geschmäht. Deine Satzung verbietet nicht, einen Abtrünnigen mit dem Tode zu bestrafen. Wie es dir belieben mag.« Und die dreiunddreißig Götter sahen mit ihrem toten Götterlachen, wie der gelehrte Brahmane Kassapa den abtrünnigen Jüngling steinigen ließ.

Nur das Seelchen des Gottes Gautama fühlte wie aus weiter Ferne einen Schmerz. Er hatte ein Leides, weil er ein Liebes hatte. Er hörte und verstand, wie die dreiunddreißig Götter untereinander murmelten: »Noch ist er nicht befreit von Erinnerung, von Menschheit. Er muß Gottheit lernen. Gottheit fühlt keinen Schmerz, wenn Millionen Kiesel in der Welle der Brandung hinaufgeschoben werden auf den Strand und dann knirschend wieder hinunterrollen ins Meer. Nichts anderes haben wir erlebt. Rollende Kiesel.«

Der Göttermantel mit dem Seelchen des Gautama war ungeduldig, ein Gott zu werden wie die andern Vorzeitbuddhas in der Wolkenwohnung des Hochgebirges. Riesenhaft wuchsen die dunklen Flügel, daß er aussah wie eine ungeheure Wetterwolke mit Schloßenschwefelsäumen; und purpurne Blitze zuckten über die breiten dunklen Flächen. Zu einem Ungeheuer wuchs der Göttermantel, und die dreiunddreißig Götter, der Tiger und das Krokodil, der Skorpion und der Haifisch, der Elefant und die Schlange murmelten untereinander: »Stärker als wir alle wächst der Göttermantel heran, der Gott Gautama.« Mit dem toten Götterlachen murmelten sie das.

Gautama, der Buddha, der Gott Gautama war aber auch nach seinem letzten Tode noch stärker als sein Göttermantel. Klein wurde der Göttermantel und in Wolkengestaltung stand Gautama wieder da als ein schöner alter Mann. Mit Donnerstimme herrschte er die dreiunddreißig Götter an, daß sie wie von ferne ihn vernahmen und ihm winselnd um die Füße krochen.

»Wer ist es, der da gelogen hat? Mein Erlösergedanke oder ihr? Noch habe ich nicht die beiden letzten Befreiungen erfahren: die Befreiung von Erinnerung und die Befreiung von Menschheit. Eintauschen soll ich Gottheit gegen Menschheit, Gottheit gegen das Nichtsein, dessen Wonnen ich den armen flüchtig lebenden Menschen in ihrer Not gezeigt, zu ihrem Troste gedeutet habe. Und gäbe es nach dem Tode, nach dem Erlöschen der Erscheinung nichts als das andere Nichtsein, das leere, das die guten Menschen so fürchten, die armen, dann will ich meinetwegen so ein Gott werden, noch eine Weile den Tierlein zuzuschauen. Nur will ich vorher erfahren, klar bewußt, was Gottheit ist. Zeigt mir, ihr scheußlichen Wolkengestalten, daß Gottheit etwas anderes ist als dies Nichtsein, das den meisten Menschen ein Schrecken ist, den weisen und ganz unseligen aber eine Sehnsucht. Daß Gottheit nicht ein bloßes Wort ist, den müden Willen nach dem letzten Tode noch einmal anzustacheln zu neuem Sein. Zeigt mir, daß ihr euch des leeren Götternamens nicht bloß bemächtigt habt, mich dem seligen Nichtsein untreu zu machen. Ist einer von euch, der irgend etwas geschaffen hat: den Himmel oder die Sonne, mich oder einen Grashalm, ein Steinbröckchen nur? Erweist mir, daß es Gottheit gibt.«

Winselnd krochen die dreiunddreißig Götter um seine Füße. Da erkannte Gautama, daß Gottheit nichts war als die letzte Versuchung des fahlen Mara, die letzte Versuchung nach dem letzten Tode. Und Gautama, der Buddha, war der erste Buddha nach dreiunddreißig Vorzeitbuddhas, welche Götter geworden waren, war der erste Buddha, der der schwersten Versuchung widerstand, der jetzt mit den letzten Banden, mit Erinnerung und Menschheit, auch Gottheit über seine Achsel hinweg wegwarf. Gautama, der Buddha, war der erste echte Buddha. Einer, den es nicht gelüstete, ein Gott zu sein.

Gautama, der Buddha, der arme Gott Gautama hörte da auf zu wollen und entließ sein Seelchen und entließ seinen Göttermantel und erlosch im seligen Nichtsein. Wie ein weißes Wölkchen in der Mittagsonne zergeht. Wie der heilige Strom sich in das Weltmeer ergießt, seinen Namen verliert und seine Gestalt.

Stille und Frieden hatte er gesucht; jetzt war er die Stille und der Friede und wußte es nur nicht mehr.

Das Nichtsein hatte er gepriesen; jetzt war er das Nichtsein und wußte es nur nicht mehr.

All-Einheit hatte er gelehrt, Einheit mit dem All der Tierlein, der Blumen und der Steinbröckchen; jetzt war er die Einheit mit allem und wußte es nicht. Und war die Einheit ganz, weil er es gar nicht wußte.

Ein Wissen war untergegangen, war heimgegangen. Eine Sonne war untergegangen, klar bewußt untergegangen, gern untergegangen, um niemals wieder aufzugehen, niemals wieder. Eine Sonne war heimgegangen.

Das habe ich gehört.

Noten

Die folgenden Bemerkungen sind für solche Leser bestimmt, die sich ein wenig in der Buddhaliteratur umgesehen haben, und denen es erwünscht sein wird, für einige Züge meines Buddhabildes Belege aus den Quellenschriften nachgewiesen zu erhalten. Leser, welche die wunderlichen, aber auch wunderbaren Reden des Buddha noch gar nicht kennen, seien hier zunächst auf die Bücher hingewiesen, die in diesen Anmerkungen immer nur kurz zitiert werden und deren vollständige Titelangabe hier stehen mag.

Hermann Oldenberg: Buddha, sein Leben, seine Lehre, seine Gemeinde. Vierte Auflage 1903.

Grünwedel: Mythologie des Buddhismus in Tibet und der Mongolei. 1900.

Karl Eugen Neumann: Die Reden Gotamo Buddhos. Aus der längern Sammlung des Pali-Kanons übersetzt. 1907.

Karl Eugen Neumann: Die Reden Gotamo Buddhos. Aus der mittlern Sammlung des Pali-Kanons übersetzt.

Karl Eugen Neumann: Die Lieder der Mönche und Nonnen Gotamo Buddhos. 1899.

Karl Eugen Neumann: Die letzten Tage Gotamo Buddhos. Aus dem großen Verhör über die Erlöschung Mahaparinibbanasuttam des Pali-Kanons übersetzt. 1911. (Ich habe manchen Ausdruck dieser feinhörigen Übersetzung entlehnt.)

Wer das Lehrgebäude des Buddhismus auf die bequemste Weise kennen lernen will, findet eine zuverlässige Übersicht in dem »Buddhistischen Katechismus« von Subhadra Bhikschu. Gründlicher und durch ein kleines Wörterbuch nützlicher ist der »Buddhistische Katechismus von H. S. Olcott in der deutschen Ausgabe von Karl Seidenstücker. Wer dazu noch wissen will, wie sich die Wissenschaft zu den historischen Fragen des Buddhismus stellt, dem sei das Büchlein »Leben und Lehre des Buddha« empfohlen, in welchem Richard Pischel meisterhaft und in erstaunlicher Gedrängtheit das Wissenswerteste aus eigenen und fremden Forschungen zusammengestellt hat. Das Werk »Der Buddhismus« von Rhys Davids ist in der Hauptsache durchaus nicht veraltet.

Wer die Bewegung der deutschen Neubuddhisten kennen lernen möchte, findet einige gute Aufsätze in Seidenstückers Zeitschrift »Der Buddhist«, von der zwei Bände (1905–1910) mit Unterbrechungen erschienen sind. Ich habe zu dieser Bewegung in dem Aufsatze »Die Wiedergeburt des Buddhismus« Stellung zu nehmen versucht. (»Berliner Tageblatt« vom 4. August 1912.)

Mahabodhi-Baum (zu). Der Mahabodhi-Baum, ein Feigenbaum (*ficus religiosa*), unter welchem Gautama in der heiligen Nacht zur Erleuchtung oder Erweckung kam, scheint wirklich durch die Jahrtausende erhalten oder erneuert worden zu sein, bis ihn vor noch nicht vierzig Jahren ein Sturm umwarf. An der Stätte, die viel besser bezeugt ist, als die Andachtstätten anderer Religionen, steht heute ein Tempel, um dessen Besitz die Sekten streiten. Ich habe das Sanskritwort ausnahmsweise gebraucht, weil es etymologisch mit dem Titel *Buddha* zusammenhängt; *Buddha* ist der kirchliche Name für Gautama, wie *Christus* der kirchliche Name für Jesus ist; die Bedeutung des Wortes *buddha* ist: der Erleuchtete, der Erweckte; *bodhi*, vom gleichen Stamme, heißt: die Erleuchtung, die Erweckung. *Maha*, das in so vielen Zusammensetzungen vorkommt, heißt *groß*.

Liebes und Leides (zu). Die traurige Weisheit, daß man sich viel Leides aus dem Wege räumen könne, wenn man nichts Liebes habe, wird in den Reden des Buddha sehr oft ausgesprochen, wenn auch nicht just immer mit lieblosen Worten. Die Neubuddhisten vergleichen die Lehre ihres Meisters gern mit der Lehre Jesu Christi; die Freundlichkeit gegen alle lebenden Wesen, die Güte, die der Buddha gepredigt hat, ist nicht so eingeschränkt, aber dafür auch kühler als der Satz: »Liebe deinen Nächsten wie dich selbst«; auch will das Christentum, daß man das Leid und die Trauer mit freudiger Unterwerfung unter den Willen Gottes gern auf sich nehme, während der Buddhismus, weil er gottlos ist, jeden Schmerz vermeiden möchte. Sehr hübsch ist ein Beispiel für den Satz: »Wer nichts Liebes hat, der hat auch nichts Leides« ausgeführt in der buddhistischen Erzählung »Nala, der Schweiger« von P. D. («Der Buddhist« II, S. 113.)

Kristallberg (zu). Das schöne Gleichnis von der Dauer der Ewigkeit, das ich einer alten Sammlung von Buddhareden entnehme, dürfte jedem deutschen Schulkinde aus den Märchen der Gebrüder Grimm bekannt sein. Die deutsche Form ist für unser Gefühl noch hübscher: »Es gibt in Hinterpommern einen Diamantberg, eine Stunde hoch, eine Stunde breit, eine Stunde lang. Zu diesem Berg kommt alle hundert Jahre ein Vöglein geflogen und wetzt je einmal sein Schnäblein an dem Berg. Wenn nun der Berg durch das Wetzen abgenutzt sein wird, dann ist eine Sekunde der Ewigkeit verflossen.« In der Phantasie der Inder spielen die verschiedenen Ewigkeiten oder Weltenalter (*kalpa*) eine bedeutende Rolle. Über das Wandergleichnis, über die Beziehungen der indischen und der christlichen Fassung findet man eine Betrachtung in der Zeitschrift »Der Buddhist«, 1910, S. 458. Übrigens kannte schon Wilhelm Grimm einige Beziehungen seines Märchens zu orientalischen Märchen und Bildern.

Die weißen Zähne (zu). Die Legende von der Hundeleiche, die den übrigen Menschen widerwärtig scheint, an der jedoch der Weise wenigstens die weißen Zähne schön und lobenswert findet, ist als eine Jesuslegende bekannt genug. Goethe hat (in den Noten und Abhandlungen zum »West-östlichen Diwan«) sie wieder auf Jesus bezogen, da er die nachdenkliche Geschichte dem persischen Dichter Nisami (zwölftes Jahrhundert) nachdichtete; bei Goethe lautet der Vergleich: »Die Zähne sind wie Perlen weiß.« Die buddhistische Fassung steht in einem allerdings jüngeren Kommentar zu einer sehr alten Spruchsammlung. (Vgl. »Der Buddhist« II, S. 456.)

Morcheln (zu). Über die Speise, deren Genuß die letzte Krankheit des Buddha zur Folge hatte, sind die Sanskritphilologen nicht ganz einig. Das zusammengesetzte Wort der Quellenschrift bedeutet nach Oldenberg Eberfleisch (Pischel läßt den Buddha gar, ohne das Adjektiv belegen zu können, fettes Schweinefleisch essen); K. E. Neumann führt mancherlei Gründe an für die Vermutung, das Sanskritwort bezeichne nicht »das Fleisch des Schweines«, sondern »was das Schwein gern ißt«. Ich habe diese Deutung gewählt, möchte aber damit durchaus nicht die philologische Frage entschieden haben. Mir zeigt die Darstellung nur, mag man sie nun so oder so übersetzen, daß die Almosenschalen der buddhistischen Bettler nicht immer mit frugalen Speisen gefüllt wurden. Die Berichte über

Stiftungen von Gärten und Rasthäusern lassen auf das Vorkommen eines nicht geringen Prunks schließen.

Sakka (zu). Sakka ist einer der vielen Namen des Gottes Indra, den unsere vergleichende Religionsgeschichte zum indischen Zeus, zum Himmelsgotte, zum Herrn der Blitze machen will. Wie wenig der volksmäßige Buddhismus, wie er in Siam usw. verbreitet ist, an dem alten Götterglauben zu ändern imstande war, mag man auch daraus ersehen, daß die Legende den Gautama Buddha, als er geboren wurde, von den Göttern Indra und Brahma begrüßen läßt; und die Mahayanaschule machte den alten Vedengott Indra gar, wieder unter einem neuen Namen, zum Beschützer Buddhas. Ich beneide jeden, der von sich behauptet, er begreife die indische Religionsgeschichte; ich beneide ihn um seinen Glauben. (Grünwedel, S. 179.)

Mara (zu). Man hat sich viel Mühe gegeben, den indischen Todesgott Mara mit Satan, der den christlichen Heiland versuchte, gleichzusetzen. Die Ähnlichkeit ist so groß, das Anerbieten der Weltherrschaft so übereinstimmend, daß die Gelehrten, die ja auch die Macht des Teufels kennen lernen, sich versucht gefühlt haben, historische Beziehungen zwischen dem Mara des Buddhismus und dem Satan des Neuen Testaments herzustellen. Es wird sich aber nicht einmal mit Bestimmtheit ausmachen lassen, ob überhaupt eine Entlehnung vorliege; denn die Ähnlichkeit mit der Versuchung des christlichen Heilands ist erst in den jüngeren Fassungen der Maralegenden auffällig. Ich habe mich mehr an die älteren Fassungen gehalten. Wer sich für den indischen Mara interessiert, findet das Wesentliche bei Pischel (S. 24 ff.), etwas über den Todesgott bei Oldenberg (S.59 ff.), und mag noch etwa Windisch's Monographie »Mara und Buddha« nachlesen.

Die Parallele zwischen dem indischen Mara und dem christlichen Satan ist nicht die einzige, auf die von den Forschern hingewiesen worden ist. Mir scheint eine Parallele besonders merkwürdig; und auf diese ist meines Wissens noch nicht hingewiesen worden. In der Bibel heißt es: »Eher geht ein Kamel durch ein Nadelöhr, als daß ein Reicher in das Himmelreich gelange.« Ich glaube den gleichen Gedankengang in noch östlicherem Gewande vor mir zu haben, wenn der Buddha sagt: »Ein Mann wirft eine einlochige Reuse ins Meer, und dort wird sie von allen Winden hin und her getrieben; an einer bestimmten Stelle des Meeres liegt eine einäugige Schildkröte, die nur alle hundert Jahre einmal in die Höhe steigt. Eher noch wird, ihr Mönche, die einäugige Schildkröte in jene einlochige Reuse den Hals stecken, als daß ein Tor, der (auf dem Wege der Seelenwanderung) in die Höllenpein gekommen ist oder Tier, Gespenst, Dämon geworden ist, wieder Mensch wird.«

Krankheit (zu). Die Besiegung der Krankheit durch den festen Willen des Buddha wird in den Quellen berichtet, wenn es sich auch dort nicht um die letzte Krankheit handelt. »Der Erhabene hat diese Krankheit durch Kraft von sich abgewendet und ist leben geblieben, auf den Lebensgedanken gestützt.« Sofort kam der ehrwürdige Ananda und hielt dem Genesenen folgende Rede, die auch nach den Quellen den Buddha ein wenig geärgert haben mag: »Zum Glücke, o Herr, geht es dem Erhabenen wohl. Ein Glück ist's, o Herr, daß es dem Erhabenen leidlich geht. Freilich war mir, o Herr, der Körper wie süßen Mostes trunken geworden und ich wußte nicht links und nicht rechts und konnte an nichts mehr denken bei den Beschwerden des Erhabenen. Aber ich hatte, o Herr, eben doch noch eine gewisse Zuversicht. Nicht eher wird der Erhabene zur Erlöschung eingehen, nicht bevor der Erhabene in betreff der Jüngerschaft noch etwas angeordnet hat.« (»Die letzten Tage«, S.48.)

Ich (zu). Es wäre einer historischen Untersuchung wert, festzustellen, wieviel Schopenhauer der indischen Philosophie und insbesondere dem Buddhismus entlehnt hat, und worin er den Buddhismus mißverstand, dessen echteste Schriften er ja noch gar nicht kennen konnte; und den er, als er sein Hauptwerk 1818 vollendete, gar nur aus einigen englischen Aufsätzen kannte. Ein Irrtum war es, den Buddhismus eine atheistische Religion zu nennen; nicht ganz richtig war es, den Pessimismus des Buddha, der ein Entsetzen vor dem Alter, der Krankheit und dem Tode war, mit dem sophistischen Pessimismus Schopenhauers gleichzusetzen. In einem Punkte jedoch, auf welchen Schopenhauer keinen Wert zu legen scheint, geht schon der Buddha über die kühnste Befreiung von der Sprache hinaus, die Fichte und Schopenhauer angebahnt haben. Fichte hatte mit gewagten Konstruktionen den Ichbegriff untersucht. Schopenhauer hatte das Verhältnis zwischen dem Ich und dem individuellen Willen mit ebenso gewagten Konstruktionen zu einem Angelpunkte seines Systems gemacht; aber erst bei Mach finden wir klar und hart die Aufhebung des Ichbegriffs: »Von einer Zentralisierung des ganzen Lebens in einem Hirn und einer entsprechenden Ichbildung kann kaum die Rede sein.« Natürlich nicht in so präziser Ausdrucksweise, aber dafür mit um so einprägsameren Bildern hat der Buddha zweieinhalb Jahrtausende früher die Unwirklichkeit des Ichbegriffs gelehrt. Selbstverständlich kann der Buddha bei diesen abgründigen Grübeleien aus dem Banne des indischen Glaubens an die Seelenwanderung nicht herauskommen. »Wenn ein Mann eine Lampe anzündet und diese die ganze Nacht brennt, so ist die Flamme in der ersten Nachtwache nicht dieselbe wie in der zweiten; und nicht dieselbe wie in der dritten. Ebenso folgen auch die Elemente der Daseinsformen aufeinander. Das eine entsteht, das andere vergeht; ohne Anfang und Ende folgen sie unmittelbar aufeinander.« Das Bild von der Lampe, vom Erlöschen der Flamme kehrt in den Reden des Buddha immer wieder. Die wahre Erkenntnis, das Eingehen in das Nirwana, besteht darin, daß der Erwachte die Täuschung des Ichgefühls durchschaut, das Erlöschen der Lampe begreift. Das berühmte Schlagwort *Nirwana* (*»nibbana«* in der Palimundart, in welcher die wertvollsten Sammlungen der Reden abgefaßt sind) ist von diesem Erlöschen hergenommen; es bedeutet Silbe für Silbe: Ausgewehtsein, Ausgelöschtsein. Die Vernichtung der Täuschung und darum Vernichtung der Sünde und der Wiedergeburt ist das Nirwana. Das Erlöschen des Durstes, ohne daß der Durst gestillt worden wäre.

Schopenhauer (zu). Die Erleuchtung des Buddha hatte nach der Legende ihren Ursprung darin, daß der Prinz Gautama Siddhartha, trotzdem der Hof es verhindern wollte, einen Alten, einen Kranken und einen Toten zu sehen bekam, also in der alltäglichsten Weise das Elend des menschlichen Lebens begreifen lernte; konsequenter hat dann Schopenhauer den Pessimismus zu der einen Grundlage seines Systems gemacht. Die andere, die metaphysische Grundlage seines Systems, die Lehre, daß das bei Kant noch unerkennbare Ding-an-sich der Wille sei, entspricht ziemlich gut dem *tanha,* (die Paliform des Sanskritwortes *trishna*) des Buddhismus, dem Lebensdurste, dem Daseinstriebe, sogar auch schon dem Willen zur Macht. Darum hat man sehr häufig und nicht ohne Berechtigung auf die Übereinstimmung zwischen der Philosophie Schopenhauers und dem Buddhismus hingewiesen. Natürlich ist es ganz falsch, wenn Jahn (»Der Buddhist« I, S. 339) die Überredungskraft dieser Übereinstimmung durch die Behauptung zu verstärken sucht, die beiden Weltanschauungen seien gänzlich unabhängig voneinander entstanden; Schopenhauer zitierte die indischen Veden, aus denen doch der Buddha den Stock seiner Lehre entnommen hatte - wie eben gesagt -, schon in der ersten Ausgabe seines Hauptwerks, und berief sich später, als er den Buddhismus so genau als damals möglich kennen gelernt hatte, sehr häufig auf den Buddha. Es wäre aber verfehlt, das System Schopenhauers mit dem des Buddhismus irgendwie gleichzusetzen. Der Buddha war kein Kantianer gewesen; seine Lehre vom Flusse aller Erscheinungen darf mit dem erkenntnistheoretischen Idealismus von Berkeley und Kant nicht verwechselt werden; für den Buddha war der Lebensdrang, der Lebenswille allerdings der stärkste Feind, den man zu überwinden hatte; aber just dieser Wille zum Leben gehörte für ihn mit zu der Welt der Erscheinungen, war von der ehernen Kette der Ursächlichkeit oder Kausalität nicht abgelöst. Für Schopenhauer stand der Wille außerhalb des Satzes vom Grunde, außerhalb der Kausalität, wie sich das für das Ding-an-sich schickte; für den Buddha beruhte das Elend der Welt mit ihren unzähligen Wiedergeburten auf der Eigenschaft des Lebenswillens, einer moralischen Kausalität, eben dem *Karman*, unterworfen zu sein, wodurch das Leiden in der neuen Geburt auf Taten in der früheren Geburt zurückgeführt wurde. So viel Mühe sich Schopenhauer später gab, seine Lehre der Lehre des Buddha anzunähern, der Gegensatz zwischen dem morgenländischen Glauben an endlose Wiedergeburten und der abendländischen Erkenntnistheorie ließ sich nicht ganz verwischen.

Hölle (zu). In der Ausmalung der Höllenstrafen ist die Phantasie der Buddhisten fast ebenso abscheulich wie die der mittelalterlichen Mönche; nur daß die unmenschlichen Strafen bei den Buddhisten wie eine Konsequenz der menschlichen Handlungen erscheinen und nicht wie eine kalte Bosheit eines henkermäßigen Gottes, und nicht ewig dauern. »Da lassen ihn die höllischen Wächter die Strafen durchmachen, die die Strafe der Fünfschmiede heißt. Einen glühenden Eisenkeil bohren sie ihm in die eine Hand, einen glühenden Eisenkeil bohren sie ihm in die andere Hand, einen glühenden Eisenkeil bohren sie ihm in den einen Fuß, einen glühenden

Eisenkeil bohren sie ihm in den anderen Fuß, einen glühenden Eisenkeil bohren sie ihm mitten in die Brust. So hat er da schmerzliche, brennende, stechende Gefühle zu empfinden, und nicht eher kann er sterben, bis nicht sein böses Werk erschöpft ist.« (Reden der Mittlern Sammlung III, 329.) Sodann mag man in dem gleichen Werke (S. 349 ff.) einige Folterarten und insbesondere die grauenhafte Beschreibung der Erzhölle und der Dreckhölle nachlesen.

Die erste Schilderung erinnert sofort an die Marter der Kreuzigung. Wir besitzen aber den alten Bericht eines Reisenden, der das Christentum viel näher angeht, ebenfalls bei der Erzählung von einer Höllenstrafe. Der Bericht ist abgedruckt in einem wohlbekannten Buche, in Bayles *»Dictionnaire Historique et Critique«*, doch an einer schwer auffindbaren Stelle. Wer sollte glauben, daß mit dem Namen *Sommona Codom* (so ist der Artikel des Wörterbuchs überschrieben) der Buddha gemeint wäre? Hat man das Stück aber aus Neugier gelesen, so errät man leicht, daß *Sommona Codom* nichts anderes ist als *Samano-Gotamo*, der Büßer Gautama, wie der Buddha in den Palitexten unzählige Male genannt wird. Bayle behauptet, daß die Siamesen einen außerordentlichen Mann so nennen, der nach ihrer Meinung zur höchsten Glückseligkeit gelangt sei. Der Reisende erzählt nun (ich folge Gottscheds Übersetzung), daß Thevathat (in den heiligen Schriften der Inder heißt er Devadatta und ist ein Vetter des Buddha), der Bruder des Sommona-Codom, dem Erhabenen nach dem Leben getrachtet habe. »Weil er viel Verstand und Geschicklichkeit besaß, so hat er eine neue Sekte gemachet, in welcher er verschiedene Könige und Völker zu seiner Lehre gezogen, welche ihm auch gefolget sind um seine Nachfolger zu sein. Dies ist der Ursprung einer Spaltung gewesen, welche die Welt in zween Teile geteilet und zwo Religionen aufgebracht hat, anstatt daß zuvor alle Menschen nur eine einzige hatten. Die einen sind Thevathats und die anderen Sommona-Codoms Schüler geworden... Die Herrschsucht hat ihn bewogen, zu wünschen: er möchte ein Gott werden; weil er es aber nicht wahrhaftig gewesen, so hat er viel Dinge nicht gewußt, davon sein Bruder eine vollkommene Erkenntnis hatte... Nach allen Gewalttaten, welche Thevathat seinem Bruder erwiesen hatte, ohne einige Ehrerbietung, weder gegen die Rechte der Natur noch die Gottheit selbst zu haben, ist es billig gewesen, daß er deswegen gestrafet worden. Es gedenken auch die

Schriften der Siamer seiner Todesstrafe, und Sommona-Codom selbst erzählet darin, daß er, nachdem er Gott geworden, diesen gottlosen Bruder in dem tiefsten Abgrunde der Hölle gesehen. Ich habe ihn daselbst, saget er, mit Plagen überhäuft, und unter dem Elende seufzend gefunden. Er ist in der achten Wohnung gewesen; dies heißt, an dem Orte, wo die allergrößten Missetäter gemartert werden, und daselbst hat er, durch eine entsetzliche Leibesstrafe alle seine Sünden und vornehmlich die Ungerechtigkeiten, die er mir erwiesen hatte, gebüßet. Nachdem er die Marter erkläret, welche Thevathat leiden müßte, saget er: daß er an ein Kreuz mit großen Nägeln angeheftet wäre, welche, da sie ihm die Hände und Füße durchbohret, ihm unsägliche Schmerzen verursachet; daß er auf dem Kopfe eine Krone von Dornen gehabt, daß sein Körper ganz mit Striemen bedeckt gewesen, und daß ihn zum Übermaße des Leidens das höllische Feuer brenne, aber nicht verzehre. Ein so erbärmlicher Anblick nun hat ihn zum Mitleiden bewogen; er hat alle Beleidigungen vergessen, die ihm sein Bruder erwiesen hatte, und ihn in diesem Zustande nicht sehen können, ohne daß er den Entschluß gefasset hätte, ihm zu helfen. Er hat ihm also drei Worte, Pputhang, Thamang, Sankhang (gemeint ist die Formel Buddha, Dharma, Sangha, mit welcher der Proselyt heute noch seine Zuflucht sucht: bei Buddha, bei der Lehre und bei der Gemeinde oder der Kirche), anzubeten vorgetragen: heilige und geheimnisvolle Worte, gegen welche die Siamer eine besondere Verehrung haben, und davon das erste Gott, das andere das Wort Gottes, und das andere den Nachahmer Gottes bedeutet... Thevathat hat darein gewilliget, die zwei ersten Wörter anzubeten, aber das dritte hat er niemals anbeten wollen; weil es Priester oder Nachahmer Gottes bedeutet, indem er beteuert, daß Priester sündige Menschen wären, welche nicht die geringste Ehrerbietung verdienten... Dieses überredet die Siamer, daß Jesus Christus nicht von Thevathat unterschieden sei, und in diesem Vorurteil bestärket sie noch mehr (nach den Worten des Reisenden), daß wir das Bild des gekreuzigten Heilandes anbeten, welches Thevathats Strafe vollkommen vorstellet... Sie bilden sich ein, daß die Christen Thevathats Schüler sind, und die Furcht, die sie haben, mit dem Thevathat in die Hölle zu fallen, wenn sie seiner Lehre folgen, erlaubet ihnen nicht, das Christentum anzunehmen.« Als Gegenstück dazu bemerke ich, daß nach einer hübschen Entdeckung Kuhns der Buddha wiederum als ein

Heiliger in das *Martyrologium Romanum* aufgenommen worden ist; unter dem Namen Josaphat, das ist Bodhisattva, wie in Indien ein zur Buddhaschaft vorherbestimmtes Wesen hieß.

Dauergedanke (zu). Ich will es wagen, die getreue Übersetzung der entscheidenden Stelle meiner Darstellung gegenüberzustellen; nur lasse ich die endlosen Wiederholungen, die uns vom Lesen der Reden des Buddha so leicht abschrecken, größtenteils fort.

An den ehrwürdigen Ananda, der da beiseite saß, wandte sich der Erhabene also:

»Schön gelegen ist, Ananda, Besali, schön gelegen der Udener Park, schön gelegen der Garten der Gotamiden, schön gelegen der Siebenmangohain, schön gelegen der Hügel mit dem Vielblätterlaub, schön gelegen das Grabmal an der Sarandada, schön gelegen der Pavaler Baumfrieden. – Wer auch immer, Ananda, die vier Machtgebiete geübt, gepflegt, ausgeführt, ausgebildet, angewendet, durchgeprüft, durchaus entrichtet hat, der könnte, Ananda, wenn ihn danach verlangte, ein Weltalter durchbestehn, oder bis zu Ende des Weltalters. Der Vollendete hat, Ananda, die vier Machtgebiete geübt, gepflegt, ausgeführt, ausgebildet, angewendet, durchgeprüft, durchaus entrichtet; bei Verlangen danach, Ananda, könnte der Vollendete ein Weltalter durchbestehn, oder bis zu Ende des Weltalters.«

Ob nun gleich also dem ehrwürdigen Ananda vom Erhabenen ein wichtiger Wink, ein wichtiger Hinweis gegeben war, hat er es nicht zu merken vermocht, hat nicht den Erhabenen gebeten: »Bestehn, o Herr, möge der Erhabene das Weltalter durch, bestehn möge der Willkommene das Weltalter durch, vielen zum Wohle, vielen zum Heile, aus Erbarmen zur Welt, zum Nutzen, Wohle und Heile für Götter und Menschen!« als wie da vom Bösen im Geiste umgarnt.

Ein zweites Mal aber und ein drittes Mal hat der Erhabene sich also an den ehrwürdigen Ananda gewandt; immer mit den gleichen Worten. Zum zweiten- und zum drittenmal hat Ananda den Buddha nicht gebeten, daß er bleibe; da sagte der Erhabene: »Gehe hin, Ananda, wie es dir nun belieben mag.«

Nun erscheint Mara beim Buddha, und auf dessen Drängen entschließt sich der Buddha zu erlöschen, den Dauergedanken zu entlassen. Ein Erdbeben setzt ein, das Zeichen, daß der Dauergedanke vom Buddha entlassen ist. Auf die entsetzte Frage Anandas erklärt der Buddha die acht Gründe eines solchen Erdbebens, worunter die Empfängnis und die Geburt eines Buddha und die Entlassung des Dauergedankens. Jetzt eben habe der Buddha den Dauergedanken entlassen. Nun erst, zu spät, fällt dem ehrwürdigen Ananda ein, was er früher zu sagen hatte: »Bestehn, o Herr, möge der Erhabene das Weltalter durch, bestehn möge der Willkommene das Weltalter durch, vielen zum Wohle, vielen zum Heile, aus Erbarmen zur Welt, zum Nutzen, Wohle und Heile für Götter und Menschen!«

Der Buddha antwortet: »Laß es gut sein, Ananda, bitte den Vollendeten nicht. Die Zeit ist vorbei, den Vollendeten zu bitten.« Ein zweites und ein drittes Mal bittet Ananda immer mit den gleichen Worten; und nun sagt der Buddha, nachdem auch er wieder die gleichen Worte endlos wiederholt hat, mit seiner zierlich höflichen Festigkeit: »Hättest du, Ananda, den Vollendeten gebeten, so hätte wohl zweimal der Vollendete deine Worte abgewiesen, aber das drittemal hätte er ihnen entsprochen. Darum aber, Ananda, hast du eben hier es versehn, hast du eben hier es versäumt. (»Die letzten Tage«, S. 52 f. und 73 f.)

Selbstmord (zu). Die Frage, die Schopenhauer und nach ihm Eduard von Hartmann wieder gestellt haben, ob nämlich der Mensch durch Selbstmord oder Freitod den Leiden des Daseins entfliehen könne, diese Frage hat die Inder schon sehr früh beschäftigt; denn der Glaube an die Seelenwanderung (richtiger würde man sagen: Wiedergeburt) mußte zu der Lehre führen, man wäre der Natur mehr als einen Tod schuldig. Die letzte Erkenntnis eines Buddha: »Das gehört mir nicht, das bin ich nicht, das ist nicht mein Selbst« – diese Erkenntnis macht eigentlich den Schrecken der Seelenwanderung ein Ende. Wer in dieser Erkenntnis »zur Waffe greift«, der ist (wie es an vielen Stellen in den Reden heißt) nicht zu tadeln. Nur wer den einen Körper ablegt und einen anderen Körper annimmt, der ist tadelnswert. Es muß aber hervorgehoben werden, daß der Selbstmord oder Freitod stets ruhig beurteilt wird, nie vom Standpunkte einer festen Paragraphenmoral bepredigt.

Ort des Erlöschens (zu). Die für unser Gefühl so befremdliche Wahl des Ortes, wo der Buddha sterben sollte, mag Wohl spätere

Zutat sein; der Verfasser des betreffenden Gesprächs mag sich verpflichtet gefühlt haben, zu erklären, warum der Buddha just bei Kusinara in das Nichtsein eingegangen sei. Die Überlieferung (man vergleiche »Die letzten Tage«, S. 125*) läßt den ehrwürdigen Ananda sagen: »Möge der Erhabene nicht an diesem unbedeutenden Orte, der in der Wildnis gelegen ist, bei der kleinen Landstadt zur Erlöschung eingehn! Es gibt andere große Städte (Ananda nennt sechs Städtenamen), dort geruhe der Erhabene, erlöschen zu wollen, dort sind viele hochmögende Fürsten, hochmögende Priester, hochmögende Bürger dem Vollendeten freundlich ergeben, die werden dem Vollendeten die Leichenfeier richten.« Der Buddha begründet seine Wahl mit der glorreichen Geschichte der Stadt Kusinara.

Der weise Hase (zu). Die für indisches Wesen so charakteristische Fabel vom weisen Hasen, der sich selbst als einen wohlschmeckenden Braten zum Opfer darbrachte, wird vom Buddha selbst erzählt, und zwar so, daß er selbst »in einem anderen Leben« ein Häschen war, das in einem Bergwalde lebte; Buddha in Gestalt des Häschens war so opferwillig. (Man findet die Geschichte ausführlich bei Oldenberg, S. 349.) Aber die Fabel vom weisen Hasen ist eine Wanderfabel geworden, die ich in japanischen und auch in chinesischen Sammlungen wiedergefunden habe.

Nashorn (zu). Das Bild vom einsam wandelnden Nashorn, an dem Nietzsche seine Freude hatte, wird besonders häufig auf eine Klasse der Erleuchteten angewandt, deren Hervorhebung den nördlichen Buddhisten nicht geringe Ehre macht. Es gibt da eine Rangstufenreihe der Heiligkeit; auf der obersten Stufe steht der Buddha, auf der zweithöchsten Stufe steht der zur Buddhaschaft Vorherbestimmte; auf der dritten Stufe stehen die Schüler oder Jünger des Buddha. Nun gibt es über dieser untersten Stufe noch eine, die der Selbstdenker, die der Eigenen (das Sanskritwort bezeichnet eigentlich einen, der einzeln, durch sich und für sich ein Buddha geworden ist). Diese Eigenen erreichen die höchste Erkenntnis und das Nirwana aus eigener Kraft, ohne dem Gefolge des Buddha anzugehören. Dafür sind sie aber nicht imstande, ihr Erlebnis mitzuteilen; »so wie ein Stummer einen wichtigen Traum haben, aber ihn anderen nicht erklären kann.« So kann ein Waldmensch in der Stadt zu einem auserlesenen Mahle geladen worden sein, kann aber nachher im Walde den anderen Waldmenschen die genossenen Speisen nicht beschreiben. Als Waldmenschen werden diese Selbstdenker, diese Selbsterlöser (die das Christentum nicht kennt) dargestellt; und so ein Pratyekabuddha wird gern mit einem einsam wandelnden Nashorn verglichen (Pischel, S. 94).

Lärm (zu). An vielen realistischen Stellen der Buddhareden finden sich kurze Bemerkungen, aus denen erhellt, wie wenig feierlich es im Kreise der Büßer zuging, wie da nach orientalischer Sitte laut geschwatzt und gelärmt wurde. Der Gegensatz zwischen dem Buddha und diesem weltlichen Treiben kommt sehr schön heraus zu Anfang einer Rede der »Längeren Sammlung« (I, S. 226): »Die Pilger machten lauten Lärm, großen Lärm, und unterhielten sich über allerhand gemeine Dinge, als wie über Könige, über Räuber, über Fürsten und Soldaten, über Krieg und Kampf, über Speise und Trank, über Kleidung und Bett, über Blumen und Düfte, über Verwandte, über Fuhrwerk und Wege, über Dörfer und Burgen, über Städte und Länder, über Weiber und Weine, über Straßen und Märkte, über die Vorzeit und über die Veränderungen, über Märchen, Seegeschichten, über dies und das und dergleichen mehr. Es sah nun ein Pilger, wie der Erhabene von ferne herankam; und als er ihn gesehen, mahnte er die Umsitzenden zur Ruhe. Nicht so laut zu sein, keinen Lärm zu machen. Da komme der Entsager Gautama heran. Der Ehrwürdige liebe nicht lauten Lärm. Ruhe preise er. Vielleicht könne der Anblick einer lautlosen Versammlung ihn bewegen, seine Schritte nach dem Orte der lautlosen Versammlung zu lenken.«

Kausalität (zu). Die Bedeutung des Kausalitätsbegriffs für die Lehre des Buddha ist oft hervorgehoben worden, sehr gut von Pischel (S. 65); aber auf den Unterschied zwischen der Kausalität der Inder und der unseren ist wohl noch nicht genügend hingewiesen worden, trotzdem Lippert (Geschichte des Priestertums II, S. 438) den wichtigsten Punkt schon hervorgehoben hatte. Ich möchte besonders daran erinnern, daß heutzutage im Abendlande zweierlei Menschen nebeneinander leben: den einen ist ihre sogenannte wissenschaftliche Weltanschauung geläufig, die besonders seit Spinoza keine Lücke in der Kette der Kausalität kennt oder zuläßt; den anderen erlaubt ihre religiöse Weltanschauung, ja diesen andern befiehlt ihre Religion, an ein Durchbrechen der Kette der Kausalität zu glauben, an die wunderbare Kraft der Götter. Jedes einzelne Menschenkind wächst nun unter der Führung der Amme und der Volksschule in der religiösen, kausalitätsfreien Weltanschauung auf und erlebt später, wenn ihm der Zugang zu einer höheren Bildung gestattet wird, den plötzlichen und oft schmerzlichen Übergang zu der sogenannten wissenschaftlichen Weltanschauung. Dieser Übergang zum Glauben an eine lückenlose Kausalität, diese Befreiung vom Wunderglauben, die fast keinem Knaben oder Mädchen unserer Zeit ganz erspart bleibt, war vor mehr als zweitausend Jahren eine unerhörte Revolution in den Köpfen einzelner Erwachter in Indien. Und weil die neue Ahnung noch kein klarer Gedanke war, darum führte er nicht zu einer wissenschaftlichen, ganz gottlosen Weltanschauung, sondern nur zu einer Art Religion, die trotz des wüstesten Götter- und Dämonenglaubens dennoch lehrte: die Götter wären machtlos, wären unfähig, die eherne Kette der Kausalität zu durchbrechen; die Opfer und Gebete wären darum nutzlos, die Priester wären überflüssig. Das ist ungefähr der Glaube des Buddha, der unwissenschaftliche und inkonsequente Glaube, der bei uns so häufig für Atheismus ausgegeben wird.

Blinde und Lahme (zu). Das Bild von dem Blinden und dem Lahmen ist eines der feinen Gleichnisse der Sankhyaphilosophie, der der Buddhismus so erstaunlich nahe verwandt ist. Die Sankhyaphilosophie lehrt einen rationalen Dualismus, der uns Moderne an Leibniz erinnern könnte: die Materie leistet in der Kette der Kausalität jede Weltveränderung bewußtlos, die Seele ist nur Zuschauer und selbst zu allem Tun unfähig. »So gleichen die beiden dem Blinden und dem Lahmen, von denen der erste den zweiten auf seinen Schultern aus dem Walddickicht (dem Leiden) trägt.« (Oldenberg, 65.)

Tierpredigt (zu). Die Liebe zu den Tieren ist einer der menschlich schönsten Züge des Buddhismus; das Christentum beschränkt seine theoretische Vorschrift der Liebe auf die Nächsten, auf die Menschen. Innerhalb des Christentums steht nur Franziskus, der liebe Heilige, der Natur so nahe; auch der Buddha hätte Tiere und Pflanzen und Sonne, Mond und Sterne als seine Brüder und Schwestern anreden können.

Tod (zu). Ganz naiv lag dem Weltschmerz des Buddhismus, dem Entsetzen, das man meinetwegen Pessimismus nennen mag, die Furcht vor dem Tode zugrunde und - weil Leben ohne Geburt nicht vorkommt - auch die Furcht vor der Geburt, vor der Wiedergeburt. Bekannt ist, daß des jungen Gautama Harmlosigkeit und Weltfreude erschüttert wurde durch den Anblick von Alter, Krankheit und Tod. »Sollte ich, der ich noch nicht alt (krank, tot) bin, nicht Unbehagen, Scham, Ekel empfinden, wenn ich einen Alten (Kranken, Toten) sehe?« Ähnlich wie in der modernen Parabel vom »Hemd des Glücklichen« wird in den buddhistischen Erzählungen die Wertlosigkeit des Lebens durch die Allgemeinheit des Todes bewiesen. Einem Kinde wird Auferweckung des toten Vaters versprochen, wenn es irgendeine Familie finden sollte, der noch niemand gestorben ist; das Kind wandert vergebens von Haus zu Haus. Und wieder klagt eine Mutter um die tote Tochter; »Jiva! Jiva!« ruft sie verzweifelt. Man antwortet ihr: »Vierundachtzigtausend Jungfrauen, die alle Jiva hießen, hat man an dieser Stätte verbrannt. Um welche von ihnen weinst du?« (Oldenberg, S. 246.)

Seltenheit der Buddhas (zu). Der Mönch weiß: »Unmöglich ist es und kann nicht sein, daß in ein und derselben Weltordnung (Weltenalter) zwei Heilige, vollkommen Erwachte zugleich auftreten mögen; ein solcher Fall kommt nicht vor.« (Die Reden Gotamo Buddhos aus der mittleren Sammlung des Pali-Kanons III, 173.)

Geburt des Buddha (zu). Der Buddha hat es gern, wenn die außerordentlichen Zeichen, durch welche sich sein Leben von dem gewöhnlicher Menschen unterscheidet, in seiner Gegenwart ausgekramt werden; auch die Geburt des Buddha geschieht unter wunderbaren Zeichen. Zehn Monate wird ein künftiger Buddha von seiner Mutter ausgetragen; sieben Tage nach der Geburt stirbt die Mutter. »Von Angesicht hab' ich es vom Erhabenen gehört, von Angesicht vernommen: wenn auch wohl andere Weiber sitzend oder wiegend gebären, doch nicht also den Erwachsamen des Erwachsamen Mutter; stehend nur gebiert den Erwachsamen des Erwachsamen Mutter. Daß aber den Erwachsamen des Erwachsamen Mutter nur stehend gebiert, eben das hab' ich mir als erstaunliche, außerordentliche Eigenschaft des Erhabenen gemerkt.« (Reden der mittleren Sammlung III, 257.) Bildliche Darstellungen (aus Tibet) zeigen, wie weit diese Vorstellung von des Buddha Geburt sich von dem natürlichen Vorgange entfernt. Auf einem alten Bilde (Grünwedel, »Mythologie des Buddhismus«, S. 16) steht Maya, die Mutter des Buddha, in der Entbindung zierlich wie eine Tänzerin da und faßt mit zierlichen Fingern nach einem Zweige.

Man hat zur Vergleichung an die Geburt des Apollon erinnert. In dem angeblich Homerischen Hymnus auf den delischen Apollon heißt es in einer angeblich Goetheschen Übersetzung: »Es nahte Letos Entbindung. Mit den Armen umschloß die Göttin den Palmbaum; die Füße stemmte sie gegen das Gras, die Erde lächelte.« Man sieht, daß der alte Grieche die Entbindung selbst ohne Wunder darstellt; weder der Schmerz der Wehen noch die Hebamme fehlen. Im griechischen Original stemmt die Mutter die Knie (nicht die Füße) gegen den weichen Rasen.

Rathaputta (zu). In den letzten Jahrzehnten haben die Untersuchungen deutscher und englischer Forscher einige Persönlichkeiten von Männern hervortreten lassen, die als Häupter anderer Sekten Rivalen des Gautama Buddha waren. Rathaputta war der Begründer der sehr mächtigen Jainasekte. Die genaue Bekanntschaft der Buddhisten mit den Lebensumständen dieses Rathaputta, das besondere Interesse der Buddhisten für seine Person und einige Legenden lassen die Möglichkeit zu, daß Rathaputta ein Jünger des Gautama Buddha gewesen sei. Die Anhänger des Rathaputta nannten ihn nach seinem Tode einen Buddha.

Priester (zu Seite). Nicht gottlos ist die Anschauung des Buddha; er steht unter dem Banne eines starken Dämonen- oder Götterglaubens. Aber unkirchlich ist der Buddha, ein Feind der Priester. In dem Gespräche über die »Dreiveden« (Längere Sammlung von K. E. Neumann I, 296 f.) kann man zwischen der gewundenen Darstellung äußerste Verachtung gegen die Priester herauslesen. Die Priester haben den Brahma nie gesehen, haben keine Beziehung zu Brahma. Brahma ist kein grimmiger, kein grollender, kein unsauberer Geist, ist unumschränkt und selbstgewaltig; die Dreivedenpriester sind grimmige, grollende, unsaubere Geister, umschränkt sind die Dreivedenpriester, unumschränkt ist Brahma. »Kann es nun etwa zwischen den umschränkten Dreivedenpriestern und dem unumschränkten Brahma eine Übereinstimmung, ein Übereinkommen geben?« Gleich wie eine Reihe Blinder, einer dem andern angeschlossen, und kein vorderer sieht, und kein mittlerer sieht, und kein letzter sieht; denen gereicht, den Dreivedenpriestern, jene Rede nur zum Spotte, zum bloßen Namen, erweist sich ganz eitel und nichtig.

In der Rede über das »Priesternetz« (I, S. 36) wendet sich der Buddha besonders gegen die geschulten Theologen, gegen die indischen Scholastiker. »Es gibt einige Priester und Aszeten, die sind Verwickler der Nabelschnur; um dies oder das mit einer Frage angegangen, verwickeln sie da die Worte, verwickeln die Nabelschnur. Sie sagen, anstatt mit Ja oder Nein zu antworten: das paßt mir nicht, und auch so paßt es mir nicht, und auch anders paßt es mir nicht, und auch mit Nein paßt es mir nicht, und auch mit Nichtnein paßt es mir nicht.«

Liebe (zu). Man braucht nicht an Entlehnung zu denken, wenn sich schon in den Reden des Buddha findet, was von den Worten des Paulus im Abendlande sprichwörtlich geworden ist: Ohne Liebe ein tönend Erz oder eine klingende Schelle. Paulus schreibt: »Wenn ich alle meine Habe den Armen gäbe und ließe meinen Leib brennen und hätte der Liebe nicht, so wäre mir's nichts nütze.« Der Buddha lehrt: »Wer am Morgen, Mittag und Abend ein Geschenk von je hundert Töpfen Speise macht, und wer am Morgen, Mittag und Abend auch nur einen Augenblick in seinem Herzen Liebe erzeugt, der zweite hat davon größeren Nutzen.« (Pischel, S. 79.)

Götter (zu). Es ist schon gesagt worden, daß die Lehre des Buddha kein Atheismus ist. Der Buddha scheint an die Götter der Brahmanen zu glauben, und auch sonst wimmelt es in den buddhistischen Schriften von Göttern, legionenweise. Nur dürfen wir da nicht an die Gottvorstellung des Judentums und seiner Tochterreligionen denken. Für den Buddha wie für alle Inder ist die Seelenwanderung der leitende Glaube. Die Göttlichkeit ist auch für die Götter nur eine Station auf ihrer Seelenwanderung. »Ein Mensch kann in der nächsten Geburt ein Gott, ein Gott ein Mensch, ja ein Tier oder lebloses Ding sein. Wie die Menschen, sind auch die Götter der Geburt, dem Alter und dem Tode unterworfen.« Wie bei den Menschen, hing auch bei den Göttern die nächste Form von ihren Taten in der letzten Form ab; ein musterhafter Mensch konnte als Gott wiedergeboren werden; in seinem göttlichen Dasein konnte er aber wieder Sünden begehen und dafür wieder bei einer neuen Geburt in der Stufenleiter der Wesen tief hinabsteigen. Insofern er bloß ein Gott war, war der gottgewordene Mensch noch nicht vom Fluche des Daseins erlöst, war als Gott noch nicht in das Nirwana gelangt. Ein Buddha, ein Erwachter, ein Erlöster stand höher als ein Gott. (Pischel, S. 53 f.)

Pantheismus des Rigveda (zu). Das berühmte Lied des Rigveda beginnt: »Da war nicht Nichtsein, und da war auch Sein nicht. Nicht war das Luftreich, noch der Himmel drüber. Was regte dort sich ? Wo? In wessen Händen? Gab es das Wasser und den tiefen Abgrund? Nicht Tod und nicht Unsterblichkeit war damals, nicht gab's der Tage noch der Nächte Schauung.« Und in einem früheren Liede endet jede Strophe nach Worten, die uns pantheistisch anklingen, mit dem Refrain: »Wer ist der Gott, daß wir ihm opfern mögen?« (Rigveda X, 129 und 121.)

Totenfeier (zu). Des Buddha Bestattung und Leichenfeier wird in den Quellenschriften sehr ausführlich beschrieben. Die entscheidende Stimme bei der Anordnung der Zeremonien hat häufig Ananda; auch die Errichtung eines Kuppelmals über der Asche wird von ihm besonders verlangt. Mit folgender Begründung: »Die etwa dort einen Kranz oder eine Blume oder wohlriechendes Sandelholz niederlegen oder einen Gruß darbringen oder das Herz heiter zuwenden werden, denen wird das langehin zur Freude, zum Wohle gereichen.« Zur Zeit, da der Buddhismus in Indien herrschte, gab es überall solche Kuppelmale oder Topen (Stupas) über den Reliquien oder vermeintlichen Reliquien des Stifters; archäologisch nachgewiesen sind solche Kultstätten allerdings erst zwei- bis dreihundert Jahre später als die Zeit, die für den Tod des Buddha zu berechnen ist.

Aufatmen (zu). Der Mönch, der bei der Nachricht vom Tode des Buddha wie befreit aufatmete und seinem Gefühl so unbefangen Ausdruck gibt, wie das etwa die Berliner nach dem Tode Friedrichs des Großen taten, ist nicht etwa eine moderne Erfindung. Ein greiser Pilger, der übrigens zufällig den gleichen Namen führte wie der letzte persönliche Jünger des Buddha, rief aus: »Genug, ihr Brüder, seid nicht traurig, lasset die Klage! Erlöst sind wir endlich von jenem großen Aszeten! Heimgesucht waren wir immer von seinem ›das geziemt euch zu tun, das geziemt euch zu lassen‹ usw.«

Krieg um die Asche (zu). Die Nachrichten von einem Kriege, der zwischen den Mallern und den anderen Fürsten um die Asche des Buddha zu entbrennen drohte, finden sich ausgeschmückt in der Dichtung »Buddha-Carita« von Asvagoshas; der Verfasser lebte ungefähr 500 Jahre nach dem Buddha; wieder etwa 400 Jahre später wurde das Gedicht ins Chinesische übersetzt, dann die chinesische Übersetzung im vorigen Jahrhundert einer englischen zugrunde gelegt, und nach der englischen Übersetzung in einer grausamen Sprache ins Deutsche übersetzt. Die englische Übersetzung des indischen Originals, von welcher das chinesische Gedicht nur eine ganz freie Nachbildung sein soll, habe ich leider nicht eingesehen. Die schlimme deutsche Bearbeitung ist unter dem Titel »Buddhas Leben und Wirken« herausgekommen; der Übersetzer heißt Th. Schultze.

Asche (zu). Über den Handel mit der Urne und der Holzasche wird berichtet (»Die letzten Tage«, S. 167–171), wenn auch nicht eben die Tänzerin Ambapali und die Fürstin Tschundi diese Reliquien erwerben. Die Urne erhält ein Priester, nachdem er die Errichtung einer Stupa versprochen hat. Dann meldet sich (wahrscheinlich ist dieser Bericht recht später Zusatz) ein Fürstengeschlecht, das erst Jahrhunderte nach dem Tode des Buddha durch einen seiner Enkel, den König Asoka, den Buddhismus ungefähr so zur Staatsreligion machte wie Constantinus das Christentum. Die buddhistischen Reden mußten der Dynastie dieses Königs wohl eine Reliquie-Buddha zuweisen. Da nun offenbar nach älterer Tradition alle Überreste mitsamt der Urne schon verteilt waren, wurde diesen Fürsten die Holzkohlenasche überwiesen, über der sie denn auch eine Stupa errichteten.

Ambapali (zu). Ambapali ist die bekannteste unter den vornehmen Hetären, die sich früh zu Buddha bekannten; wir wollen nicht untersuchen, zu welcher der vier indischen Gattungen der illegitimen Männergenossinnen sie gehörte. Die »Lieder der Nonnen« geben sehr viele Beispiele für die Art, wie diese Frauen sich im Alter dem Übersinnlichen zuwandten, nachdem »vertrocknet ist der Wunschestrieb wie dürres Kraut in irdenen Scherben«. Der Ambapali selbst wird ein Gedicht zugeschrieben; in gegen zwanzig Strophen wird äußerst naturalistisch die Vergänglichkeit ihrer einstigen Reize dargestellt (Haar, Augenbrauen, Blicke, Nase, Ohren, Zähne, Stimme, Arme, Finger, Brüste, Schenkel, Knöchel, Füße),der Refrain lautet immer: »Wahrheitkünders Kunde dauert unverderbt.« Jetzt hängen die Brüste ausgetrocknet herunter, kahl schimmert der Schädel durch das graue Haar, schlaff wie Seile sind die Arme geworden. »Mörtel fiel und Malter ab vom alten Haus – Wahrheitkünders Kunde dauert unverderbt.«

Im Haine, der später der Hain der Ambapali hieß, rastete der Buddha kurz vor seinem Tode. Ambapali suchte ihn auf, unter strenger Einhaltung des Zeremoniells. Sie bat ihn, mit seinen Jüngern bei ihr zu speisen. Schweigend (so lautet die Formel regelmäßig) gewährte der Erhabene die Bitte. Auf der Rückfahrt begegnete Ambapali den Fürsten der Licchaver. Die Darstellung der Szene, in welcher die Hetäre über die Fürsten triumphiert, mag hier stehen mit der ausdrücklichen Bemerkung, daß selbst so leiser realistischer Humor den feierlichen Quellenschriften sonst fehlt.

Die Fürsten haben erfahren, daß der Buddha die Einladung der Hetäre angenommen habe; da rufen sie: »He, Ambapali, überlaß uns dieses Gastmahl, hunderttausend Goldstücke zahlen wir dafür!« – »Und wenn ihr, gnädige Herren, mir gleich die Hauptstadt Vesali mit allen ihren Einnahmen zum Geschenke gäbet, so würd' ich auf ein so bedeutendes Gastmahl doch nicht verzichten.« Da schnalzten die Fürsten mit den Fingern und riefen: »Da seh mal einer an! Geschlagen hat uns die Mangodame! Übertrumpft hat uns die Mangodame!«

Die Fürsten begaben sich dann zu dem Erhabenen, setzten sich an seiner Seite nieder, wurden vom Erhabenen in lehrreichen Gesprächen ermuntert, ermutigt, erregt und erheitert. Sodann luden sie ihn ein, mit der Jüngerschar bei ihnen zu speisen. Der Buddha erwiderte, er hätte die Mahlzeit schon der Tänzerin Ambapali gewährt. Da schnalzten die Fürsten wieder mit den Fingern und riefen: »Da seh mal einer an! Geschlagen hat uns die Mangodame! Übertrumpft hat uns die Mangodame!«

Nachdem der Buddha mit seiner Jüngerschar von Ambapali bewirtet worden war, machte die Tänzerin dem Erhabenen und seiner

Jüngerschar das Haus und den Park zum Geschenke. (»Die letzten Tage«, S. 42 ff.)

Zwischen Hetären und legitimen Frauen unterschied der Buddha nicht eben streng. Im allgemeinen sind der Buddha und andere indische Sektengründer schlecht auf die Frauen zu sprechen; eine Ähnlichkeit mehr zwischen dem Buddhismus und der Lehre Schopenhauers. Die Frauen sind »die vollständigste Fessel des Versuchers«. Bei günstiger Gelegenheit würden alle Frauen Unzucht treiben, auch mit einem Krüppel, wenn sie keinen anderen fänden. Sie wären das größte Hindernis für das Eingehen in Nirwana. Deshalb werden die Mönche besonders vor ihnen gewarnt. Übrigens werden geschlechtliche Dinge mit äußerster Unbefangenheit besprochen.

Natürlich wollte darum der Buddha keine Frauen in seinen Orden aufnehmen. Dreimal schlug er seiner Stiefmutter die Bitte ab, als sie nach dem Tode von Buddhas Vater beim Buddha ihre Zuflucht suchte. Erst von Ananda ließ er sich später überreden, auch Nonnen aufzunehmen. Aber er mißtraute der Neuerung so sehr, daß er prophezeite: seine Lehre, die sonst tausend Jahre bestanden hätte, würde jetzt nur fünfhundert Jahre bestehn. (Pischel, S. 38f.)

Nirwana (zu). Die Worterklärung ist schon in der Anmerkung zu Seite 31 gegeben. Über die Frage, ob man unter Nirwana nur einen negativen Begriff zu verstehen habe, die Ruhe nach dem letzten Tode etwa, oder ob Nirwana als ein wonniger Zustand ein positives Gut dessen sei, der Nirwana erlangt habe – über diese Frage wäre eine ganze Literatur auszuschreiben. An der Häufung dieser Literatur haben sich die alten Inder und die Neubuddhisten, haben sich englische und deutsche Gelehrte beteiligt. Man hat den unglücklichen Versuch gemacht, die Begriffe Nirwana, Parinirwana und Mahaparinirwana logisch zu unterscheiden, während es sich doch nur um poetische Steigerungen eines einzigen Begriffes handelt. Ich gebe Rhys Davids darin recht, daß man *Nirwana* an den meisten Stellen recht gut mit *Heiligkeit* übersetzen kann. Der Volksglaube freilich, der aus dem Buddhismus eine tief abergläubische und gemeine Religion gemacht hat, versteht unter *Nirwana* am liebsten einen Zustand oder gar einen Ort überirdischer Seligkeit; es scheint, daß keine Religion ohne die Vorstellung eines Paradieses ihre Gläubigen befriedigen kann.

tredition®

Über tredition

Eigenes Buch veröffentlichen

tredition wurde 2006 in Hamburg gegründet und hat seither mehrere tausend Buchtitel veröffentlicht. Autoren veröffentlichen in wenigen leichten Schritten gedruckte Bücher, e-Books und audio-Books. tredition hat das Ziel, die beste und fairste Veröffentlichungsmöglichkeit für Autoren zu bieten.

tredition wurde mit der Erkenntnis gegründet, dass nur etwa jedes 200. bei Verlagen eingereichte Manuskript veröffentlicht wird. Dabei hat jedes Buch seinen Markt, also seine Leser. tredition sorgt dafür, dass für jedes Buch die Leserschaft auch erreicht wird.

Im einzigartigen Literatur-Netzwerk von tredition bieten zahlreiche Literatur-Partner (das sind Lektoren, Übersetzer, Hörbuchsprecher und Illustratoren) ihre Dienstleistung an, um Manuskripte zu verbessern oder die Vielfalt zu erhöhen. Autoren vereinbaren direkt mit den Literatur-Partnern die Konditionen ihrer Zusammenarbeit und partizipieren gemeinsam am Erfolg des Buches.

Das gesamte Verlagsprogramm von tredition ist bei allen stationären Buchhandlungen und Online-Buchhändlern wie z. B. Amazon erhältlich. e-Books stehen bei den führenden Online-Portalen (z. B. iBookstore von Apple oder Kindle von Amazon) zum Verkauf.

Einfach leicht ein Buch veröffentlichen: **www.tredition.de**

Eigene Buchreihe oder eigenen Verlag gründen

Seit 2009 bietet tredition sein Verlagskonzept auch als sogenanntes "White-Label" an. Das bedeutet, dass andere Unternehmen, Institutionen und Personen risikofrei und unkompliziert selbst zum Herausgeber von Büchern und Buchreihen unter eigener Marke werden können. tredition übernimmt dabei das komplette Herstellungs- und Distributionsrisiko.

Zahlreiche Zeitschriften-, Zeitungs- und Buchverlage, Universitäten, Forschungseinrichtungen u.v.m. nutzen diese Dienstleistung von tredition, um unter eigener Marke ohne Risiko Bücher zu verlegen.

Alle Informationen im Internet: **www.tredition.de/fuer-verlage**

tredition wurde mit mehreren Innovationspreisen ausgezeichnet, u. a. mit dem Webfuture Award und dem Innovationspreis der Buch Digitale.

tredition ist Mitglied im Börsenverein des Deutschen Buchhandels.

Dieses Werk elektronisch lesen

Dieses Werk ist Teil der Gutenberg-DE Edition DVD. Diese enthält das komplette Archiv des Projekt Gutenberg-DE. Die DVD ist im Internet erhältlich auf **http://gutenbergshop.abc.de**